十村记

精准扶贫路

主编——刘伟　　副主编——纪红建

春满骆驼湾

吕晓策　耿坤丽　吕纹果　著

湖南教育出版社

十村记：精准扶贫路
丛书编委会

主　编：刘　伟
副主编：纪红建
编　委（排名不分先后）：

刘　伟	赵成新	纪红建	黄步高	刘新民
黄永华	徐　为	刘先琴	鲁顺民	李晓东
胡银芳	张大鹏	曾绯龙	李清霞	吕纹果
卢志佳	杨丰美	王绍据	杨俊江	陈克海
曾小颖	张昱煜	田遂霖	吕晓策	陈　凯
杨　宁	徐夏楠	耿坤丽	张航智	刘一行
彭广林				

总　序
扶贫路上伟大的历史足迹

贫穷，在不少的时候，是中国社会的历史包袱。因为贫穷，中华民族经历了许多的磨难和屈辱。因此，与贫困的抗争，一直是中国社会无法回避的难题。中国共产党人的革命，也是伴随和追寻着要独立、反饥饿与求生存、谋幸福开始的。最近十年来，在当下的中国，一个伟大的扶贫行动，最终要实现全面脱贫目标的攻坚行动，在以习近平同志为核心的党中央的坚强领导下，在全国很多地方全面持续展开。这是中国历史上直面贫穷展开的伟大反贫困奋斗故事，也是人类历史上最大规模务实和精彩的减贫脱困故事。这套题为《十村记：精准扶贫路》的报告文学丛书所展现的多样丰富内容，就是这些精彩故事的真实动人呈现，是中国乡村社会历史巨变的真实记录，非常具有现实和历史的意义。

在全国各地展开的扶贫故事，其丰富的表现情景各不相同，色彩斑斓。《十村记：精准扶贫路》创意性地选择习近平总书记多年来调查研究，并针对实际情况提出科学合理扶贫论述的十个村子为对象，邀请作家分别深入采访，真实形象描绘其各具个性的脱贫情形，还原经验教训，很好地呈现出中国扶贫脱困的艰巨多样和令人振奋的场景，十分具有解析再现和总结作用。习近平总书记说："40多年来，我先后在中国县、市、省、中央工作，扶贫始终是我工作的一个重要内容，我花的精力最多。"种子在厚土中发芽生长，情怀在内心滋生延伸。青年时在陕北梁家河的基层农村生活经历，是习近平认识感受贫穷压力的开始，也是他立志扶贫改变人们贫困生活处境愿望的发端。这种情系苍生、悲悯贫弱的心怀，体现出一种崇高纯粹的精神和宽广益世的情怀。正因为如此，才有习近平40多年间的许多扶贫故事，才有党的十八大之后，全面展开的扶贫攻坚、精准扶贫的火热奋斗场景。《十村记：精准扶贫路》，用分散在全国各地的十个贫困村中真实鲜活的人物、乡村命运改变的故事，让我们深入具体地看到了总书记持续不断、真诚投入、现场指导、灵活施策、科学决断的行动；在很多扶贫干部无私、智慧地开拓中，贫穷地方不断减除贫困的过程中，感受到党员干部情系人民福祉的情怀，落实"人民对美好生活的向往，就是我们的奋斗目标"的自觉行动。这些真实形象的记述，为中国历史，留下了深刻立体的脱贫印记。

存在于各地的贫困情景，各有其原因，但大多都因为山高沟深、偏远封闭、环境恶劣、交通不畅、教育落后、观念陈旧等。像福建宁德的赤溪村，村民雷程祖就感叹说，他们是"穷在山上，穷在路上，穷在娶不上媳妇上"。这个挂在半山腰的村子，曾经穷得婆媳共衣裤遮体，全家没有一只像样的碗，人畜同茅屋，过着像原始部落般的日子。山西岢岚赵家洼的村民，过去因为穷困，常年蜷缩在碎砖烂瓦垒砌的破房子内，吃不饱穿不暖，很多人成了"刮野鬼"，到处游荡。在河南兰考的张庄，历来"风沙、内涝、盐碱"三害严重，一年三灾，三年大旱，四年大涝，麦尽干枯，秋禾无望，四野一空的情形多年难变。陕西耀州照金的人们，虽在革命老区，可多年贫困，生活艰辛，房屋破旧，人们时常担心雨天房屋漏雨。在河北阜平骆驼湾村，因为土地贫瘠零散，耕种不易，加之山路难行，贫困成了最经常的表现。在安徽金寨的大湾村，饥饿是最深的记忆。在贵州遵义的花茂村，过去人们"生一次病，要半条命。没有钱望（看）啊"。在四川大凉山的三河村，在湖南湘西花垣的十八洞村，在江西井冈山的神山村，虽然都有美丽的风景，可是因为出门的路啊，阻且长，变成了美丽之困，人们多年来只能用双脚丈量风雨苦难……这些密切联系着人们生老病死的日常生活贫困情景，述说着一家家、一个个人伴随贫穷困苦生活的经历和命运表现，说起来都令人哀伤和感叹！这种锥心刺骨的民瘼，是以"人民至上，生命至上"为治国理政理念的党和政府最为牵挂的重要内容。也正是党的十八大以来，从中央到地方，坚决努力扶贫攻坚，实现脱贫补短板，为全面建成小康社会而奋斗的根本所在。

多年以来，在中国当下的扶贫解困道路上和故事中，习近平同志无论是在地方还是在中央，是作为地方干部还是作为党和国家领袖，都担当着重要的设计和"导演"的角色，使这样伟大而艰巨的工程持续推进并获取辉煌的成果。各处的贫穷困境，是多种原因造成的，绝非喊口号、说大话等可以改变的。在中国扶贫脱困的长期过程中，40多年来，习近平同志不辞劳苦，深入很多偏远偏僻山村，身体力行，持续关心，实地考察调研，用许多的行走和实践书写了"习近平的扶贫故事"。习近平同志曾说："我去了中国很多贫困地区，看望了很多贫困家庭，他们渴望幸福生活的眼神和不怕苦不怕累的奋斗精神，深深印在我的脑海里。"在一份介绍赤溪村扶贫的文件上，他强调脱贫攻坚要"艰苦奋斗，顽强拼搏，滴水穿石，久久为功"；在大湾村，他指出，打好扶贫攻坚战，要采取稳定脱贫措施，建立长效扶贫机制，把扶贫工作锲而不舍抓下去；在十八洞村，他提出，我们在抓扶贫的时候，切忌喊大口号，也不要定那些好高骛远的目标，扶贫攻坚，就是要实事求是，因地制宜，分类指导，精准扶贫；在花茂村，他勉励大家，心往一处想，劲往一处使，汗往一处流，共同把乡亲们的事情办好。在这些贫困村子里，习近平同志像一个农民的朋友、邻居、亲戚，也像一个知兵懂战的统帅，与村民、干部促膝话桑麻，共谋脱贫计。他提出了许多务实具体的意见，筹划了很多事关全局的扶贫策略。正是这些具体建议和全局策略，为各地的扶贫干部和村民指出了行动的方向和道路，使扶贫工作扎实开展推进。《十村记：精准扶贫路》所记述的大量扶贫故事，都是总书记扶贫目标愿望的真实写照，都是精准扶贫故事的美丽演绎，令人感受深刻，心生敬意！

优秀的文学创作，一定是有价值的书写，是对社会生活发展和人们命运改变的热情关注。《十村记：精准扶贫路》这部通过现场采访，分别描绘各地不同扶贫脱贫真实情景的报告文学丛书，是对中国历史空前的反贫困行动的自觉融入和靠近，表现了作家有益的现实文学追求精神，是实现文学"经世致用"，追求历史书写的很好成果。这十部作品题材现实，格调温情，风格质朴，语言平实，作家分别用线性串联的，或是故事组团式，或是历史人物命运变迁等网络交叉结构叙述，在各地贫困乡村人们生活环境和自身命运的变化过程中，真实地表现了历史的重大跨越，讲述了中国当代的精彩脱贫故事，是一种非常有价值的中国乡村历史文学记述。

《十村记：精准扶贫路》的诸位作者，深入扶贫一线，与村民和扶贫干部倾心交谈，在扶贫项目点上直接观察，分别具体形象地描述了各地人民修路、通水、通电、开展林果种植、畜牧水产养殖、利用自然环境和社会资源开展旅游、搬迁新村等努力摆脱贫困的行动过程，其间充满繁复曲折、艰辛奇趣、汗水欢乐，内容非常丰富而动人。看到作品中许多村民告别贫困和艰辛命运后浮现到脸上的笑容，讲述新生活时开心的话语，令人非常欣慰。这一切的到来，依赖于领袖的决策引导，也与当地扶贫干部和村民的不懈奋斗密不可分。作品在客观真实地叙述了这些村子致贫原因和经过艰难努力脱贫情形的同时，对很多扶贫干部的忘我开拓的精神，村民摆脱贫困的渴望、配合投入的行动给予细致描绘，使很多的矛盾纠纷和解决处理过程成为有趣的真实文学故事，具有生动形象的戏剧性感染力量。在不少地方，作家的观察思考，如对于兜底脱贫、对于有些村民搬迁之后如何发展生产与就业等问题的思考，也有益于作品内容的丰盈，令人印象深刻。

《十村记：精准扶贫路》的策划、创作、出版过程，富有个性，是以小见大，以局部侧映全局，以真实生动的精准扶贫故事表现领袖的扶贫情怀、国家的扶贫行动和伟大成果的精心出版活动，创意、实施、结果、影响等，都十分值得点赞。

是为序！

中国报告文学学会常务副会长　李炳银
2020 年 6 月于北京

编者序
于波澜壮阔之中，书感人肺腑之事

2017年8月，北京天气很热。一个清秀的小伙子来找我，说是经朋友介绍，请我出面组织编撰一套书。他，就是湖南教育出版社的编辑杨宁。

杨宁拿出一份选题策划方案，是有关丛书出版的初步构想。丛书初拟书名是"足迹——精准扶贫路"，准备写习近平总书记以扶贫为主题视察过的一批乡村，希望沿着习近平总书记的扶贫足迹，以点带面地展示中国的扶贫成果。

我看了以后，感觉这是个很好的图书选题策划。全面小康、精准扶贫是近些年来非常重要的工作。2012年11月召开的党的十八大，提出了确保到2020年实现全面建成小康社会宏伟目标；2013年11月3日，习近平总书记在湖南湘西十八洞村首次提出"精准扶贫"的重要论述。经过几年的努力，扶贫工作已经取得了一定的成效，我们离全面建成小康社会的目标更近了。这个时间节点，策划这么一套书，政治敏锐性强，市场定位高，出版时机好。

我欣然接受邀请，答应担任这套丛书的主编。

不过，我提出，以"足迹"方式，略显直白，书名还得有文气，接地气。在后来与杨宁的交流中，我建议以纪实的方式撰写，报告文学更好，便于作者基于真实素材而发挥。在习近平总书记视察过的贫困村中选择十个扶贫难度有代表性的、扶贫成果显著的、在全国有示范效应的村子来写：湖南十八洞村、江西神山村、陕西照金村、福建赤溪村、河北骆驼湾村、安徽大湾村、河南张庄村、贵州花茂村、山西赵家洼村、四川三河村。丛书书名改为《十村记：精准扶贫路》，出版社领导和杨宁也接受了。

2018年8月，湖南教育出版社启动丛书编写会议。我和大部分作者赶到长沙，在湖南教育出版社副社长黄永华主持下，我们就丛书的定位、体例、框架、写作风格等进行了讨论。出版社党委书记、社长黄步高提出，要选取精准扶贫成功的典型故事，内容要有可读性，体现专业性。会议确定了基本撰写方案。当时获知，丛书已列入国家"十三五"重点出版规划项目。

2019年4月，我们邀请了众多业内专家在北京举行了初稿评议会。来自中国出版协会、全国扶贫宣传教育中心、中国当代文学研究会、中国报告文学学会、中国图书评论学会及《文艺报》《中华读书报》《中国扶贫》《闽东日报》等单位的专家与会。这些报告文学、扶贫宣传等领域的专家就丛书初稿认真地给予了评价，既有肯定，也指出不足，甚至就一些比较肤浅的文字表达，进行了尖锐的批评，同时提出了十分中肯的修改意见。

会后，杨宁整理了专家意见，发给了我和各位作者。不少作者根据需要又深入村里进行了补充采访，然后对书稿进行较大规模的修改和完善，切实提高了丛书的整体质量。

丛书作者多是请光明日报社驻地记者站推荐，有的是我推荐。作者要有相当的写作能力，尤其是要有深入采访及驾驭纪实类作品写作的能力。

比如，《十村记：精准扶贫路——张庄之问》的作者刘先琴，是光明日报社资深记者，之前还担任过《中国青年报》记者，采访调研能力极强，善于抓大题材。她也是知名作家，身兼河南省作协副主席，除了新闻报道，还出版过十几本散文和报告文学集，她的《玉米人》获第十三届精神文明建设"五个一工程"奖，《今生有缘》获首届杜甫文学奖。《十村记：精准扶贫路——赵家洼的消失与重生》的作者是《山西文学》主编、山西省作协副主席鲁顺民。他当过中学语文老师，后来成为职业文学编辑和作家，出版过散文、报告文学集，获得过赵树理文学奖。《十村记：精准扶贫路——赤溪清水流》的撰稿人胡银芳，是很特别的作者，出版过报告文学、长篇小说等。当然，除了北京广播电台高级记者、作家的身份，她也是福建省宁德福鼎市贯岭村的媳妇，她的婆家与同在福鼎的"中国扶贫第一村"赤溪村相距不远。宁德曾是全国十八个集中连片贫困地区之一，习近平同志曾在此担任过地委书记。在宁德工作时，习近平同志提出过"人穷志不穷""滴水穿石"，写下了《弱鸟如何先飞——闽东九县调查随感》。胡银芳在《十村记：精准扶贫路——赤溪清水流》一书的第一章就写到她这个北京女性"回婆家"的感触。"在后来的三十多年里，无论是采访还是旅行，无论是国内还是国外，我总把宁德的贫困山区和我所到的任何一个乡村作比较。但是，这种比较通常的结论都是——宁德，美丽而贫穷。"正因为她有在闽东生活的经历和感受，所以对赤溪村的描写十分细腻，情感流于字里行间，读来分外感人。

《十村记：精准扶贫路》十本书的作者，都多次到所写的村落采访、调研，深深地感受到这些贫困地区自然条件之差、交通之落后、风俗之难移……十个村落的扶贫经历，折射了中国艰难曲折的扶贫脱贫奔小康的历程。十个村的故事和人物，看似平平淡淡，实则是人物鲜活生动，故事感人肺腑，历程波澜壮阔，在中国扶贫攻坚、实现全面建成小康社会的历史中，留下了十分可贵的、真实的记录。

十本书的作者，个个都有深刻的社会观察能力，都有较强的写作能力，且都有专著出版，我就不在此一一介绍。

这些作者所写到的村落史、人物志，以及他们采访撰写的认真精神，无不令我感动。还有编委会的专家：湖南省扶贫办副主任赵成新、湖南教育出版社总编辑刘新民及丛书的副主编——知名作家纪红建等都在编写过程中做了许多工作。在这里，我要向作者、专家和湖南教育出版社领导、责任编辑杨宁及其他编辑表示真诚的感谢。

《十村记：精准扶贫路》即将付印之际，欣闻丛书入选中宣部2020年重点主题出版物，这是对我们工作的初步肯定。希望通过我们的讲述，能让更多人看到扶贫攻坚中的感人故事。

光明日报社原副总编辑　刘伟

2020年6月于北京

目 录

第一章
骆驼湾夜话 ……………………………………………… 001

雄关下古村落　傍长城两省界 …………………………… 003
龙泉关的娘娘兵　皇帝叫关也不应 ……………………… 006
御道车辙里的鲜活记忆 …………………………………… 011
白求恩的血脚印 …………………………………………… 023
骆驼湾的百科全书 ………………………………………… 026

第二章
山村巨变 ………………………………………………… 039

山村召开"群英会" ………………………………………… 041
梦里的家园 ………………………………………………… 049

这是一场不能输的战役 ·················· 053
骆驼湾大棚承包第一人 ·················· 056
李哥"脱单"记 ·························· 064
便民女支书 ···························· 069
铸牢和谐的基石 ·························· 082
村干部的风采 ···························· 092
家门口有产业,心里才踏实 ················ 106

第三章
美丽乡村 ······························ 123

为百姓共同富裕搭金桥 ·················· 125
山村农业追梦人 ·························· 152
骆驼湾的土秀才 ·························· 165
驻村工作队里的"女汉子" ················ 171
两个"明星"村民的幸福生活 ·············· 189
春暖柳绿燕飞来 ·························· 198

骆驼湾村扶贫大事记(2012年至2020年) ···· 209
后记 ································ 213

第一章
骆驼湾夜话 >>

雄关下古村落　傍长城两省界

阜平县位于太行山腹地冀晋交界处，早在夏商时期境内就有人类居住，金明昌四年（1193年）始置阜平县。据《河北现名考源》记载，"阜"为"盛"，县名寓"兴盛平障"，这里是历代兵家必争之地。在这方古老的土地上，曾发生过一系列重要的历史事件，对阜平的社会经济发展和人民生活产生了重大影响。

阜平县龙泉关镇骆驼湾中心村，是一个藏在深山里的古村落，位于太行山上明代修建的内长城脚下，处于冀晋两省交界点，有花开香两省、一眼看四县（五台、繁峙、灵寿、行唐）之美誉，名闻古今的龙泉雄关，是古代人血与火、刀光剑影、生死博弈的历史岁月留给骆驼湾人的一笔丰厚的文化遗产。

阜平是培养革命种子的红色摇篮。

中国共产党成立不久，就有一批先进人物在这里传播革命的火种，建立了中共阜平县小组。第二次国内革命战争时期，中国工农红军第二十四军挺进阜平，在这里建立了中国北方第一个红色政权——中华苏维埃阜平县政府。

抗日战争时期，阜平县建立了中国第一个敌后抗日民主根据地，被誉为"模范根据地的模范县"。这一特殊历史时期，阜平为中共中央北方局、晋察冀边区和军区司令部所在地。

解放战争时期，毛泽东、周恩来、朱德、刘少奇、聂荣臻等老一辈无产阶级革命家都曾经在阜平工作和战斗过。在中国共产党领导的历次革命战斗中，阜平人民进行了艰苦卓绝的斗争，付出了生命和鲜血的代价，谱写了一曲曲可歌可泣的英雄史诗。

中华人民共和国成立后，阜平人民发扬老区光荣传统，自力更生，艰苦创业，取得了社会主义建设的重大成就。

党的十一届三中全会以来，这里的人民在改革开放的春潮涌动下，进一步解放思想，开拓进取，使阜平的工农业生产和人民的生活得到了明显的改善，但是，因自然生存环境恶劣，山高沟深，土地少石头多，靠人均不足一亩的沙石薄田，已经无法养活这一方人了。为了追求幸福生活的青年人背起了行囊，远走他乡四处打工谋生，孩子跟随父母进城读书，山村里的小学校被合并撤销。古老的山村暮气沉沉，年迈多病的老人们守望着空荡荡的破旧村庄，留下的是一声声无奈的叹息，一道道渴望摆脱贫困的目光……为了让老区人民过上好日子，聂荣臻元帅给后人留下一句遗言：阜平不富，死不瞑目。

我们的党和政府领导全国人民进入了一个伟大的新时代，在奔向小康社会的征程上，时刻牵挂着革命老区父老乡亲们的生活。为了让贫困地区的群众过上富裕的日子，我们伟大的中国共产党，把脱贫攻坚任务上升为国家战略，特别是党的十八大以来，习近平总书记顶风冒雪深入交通闭塞的骆驼湾村访"穷"，在这片扶贫攻坚的前沿阵地上，习近平总书记高瞻远瞩，满怀必胜信心，他鼓励老区人民："只要有信心，黄土变成金。"总书记的殷切关爱，让老区群众看到了光明前景和脱贫致富的希望，冲锋的号角吹响了，全党上下齐动员，打响了这场没有硝烟的举世惊叹的脱贫攻坚战役。

从党中央国务院到河北省委、省政府再到保定市、阜平县、龙泉关镇党委和政府领导，上下团结一心，把让老区人民过上幸福生活的"精准扶贫"任务，放到各项工作的首要位置，集中各级财力、人力和现代实用科学技术、优质高效的项目，全方位发力，向贫困地区倾斜，多项扶贫惠民政策纷纷出台，一批又一批精锐的扶贫干部，满怀信心，从城市奔赴农村，投身到精准扶贫的战斗中。近几年来，太行山深处的骆驼湾村和阜平革命老区人民生活的巨大变化，充分彰显了中国共产党为人民谋幸福、不忘初心的崇高理想，在社会改革进程中的伟大实践。

今天，我们站在历史的新起点上，回望这片红色土地的历史，倾听美丽的民间传说故事，观赏骆驼湾的大美山水，唱着古老又动听的歌谣……从这些清晰的历史脉络和精彩的现实生活中，我们会得到心灵的洗礼、传统优秀文化的润养、人格力量的增强和道德品质的提升。

龙泉关的娘娘兵　皇帝叫关也不应

骆驼湾村紧傍的龙泉关，是古代"内长城"的重要军事关隘。

据《阜平县志》记载：清朝光绪皇帝在位期间，这道雄关因地处通往佛教圣地五台山的御道上，管辖权属正宫里的皇后娘娘，驻守关隘的士兵，俗称"娘娘兵"，龙泉关由一位五品将官镇守，其等级也是非常尊贵的。

当年，那一个个头顶素金花翎的知县，风尘仆仆，从远方来阜平县赴任，第一道门坎就是必须下马进关，还要行大礼参拜镇守龙泉的将军。因为这守关的将军不仅品级高而且是正宫娘娘信得过的红人。在等级森严的封建社会，一个七品芝麻官可得罪不起守关将军啊。从这一史书记载的官场拜访礼节上，可以窥见龙泉关的影响力和重要性。

《方舆纪要》所言："龙泉关……上下二关，相距二十里。下关正统二年建。景泰二年又于西北筑上关城。天顺二年及成化十二年，皆添设官兵戍守。嘉靖二十五年改筑关城，守御益密。"

《五台县志》记载："长城岭，五台极东北境，跨山为石垣。

关门在山坳,从南而往,迤逦而上者五里,越关门而北即直隶阜平县界。盘折而下者十二里,乃入山沟。平地又行八里,即直隶之龙泉关,为通京师大路。銮辂西巡,必取道于此。关门虽归直隶辖,而实为三晋全省东北要害,不止为五台锁钥也。"

龙泉关遗址

这些正统的官方记载,关于历史沿革的文字,今天读来不免感觉呆板又干瘪无趣。不过,好在还有一些过往的文人墨客、乡间的说唱艺人,为我们记录了另一种视野、笔墨和传说中的龙泉关往事。

民间故事中这样叙说:有一天,光绪皇帝同内臣们商议,他想巡视一下京城外的关隘,查看一下将士们是否忠于职守。在古代,皇帝微服私访,检查守关的军营将士,当然要悄悄地暗访了。

春暖花开时节,光绪皇帝带着几个武艺高强的贴身侍卫,化装成富商模样，不声不响地出了京城。出了北京城以后，光绪皇帝和侍卫们没有走阳关大道，而是专走一些重要的军事关隘。三天之后，光绪皇帝来到阜平的龙泉关。

这位大清朝的皇帝怕被守关的士兵认出来，于是把自己打扮成了晋商的模样，骑着一头瘦弱矮小的灰毛驴来到关下。当时，天还没大亮，龙泉关威严的两扇大门闭得紧紧的，城头上有士兵持刀看守着，可以说是针插不进去，鸟飞不过去。皇帝的随从侍卫上前叩门叫关，守关的士兵从关门楼上一看，有个不懂规矩的商人骑着毛驴进了门洞。几个守关的士兵于是横刀拦住了光绪皇帝的毛驴，厉声斥道："皇家有规定，无论职位多高功劳多大的官民，只要从龙泉关下经过都要出轿下马，必须接受检查，否则，你就不能过关！"

皇帝的随从侍卫上前，哈腰赔笑解释说："军爷，请息怒！我家掌柜的是个瘸子，他不能下地走路，请高抬贵手放我家掌柜的过关吧。"

这守关的士兵们铁面无私，连人带驴给推了回来。装扮成晋商的光绪皇帝连忙说："我不是小商贩，真实身份是当今皇帝派来的钦差大臣，有要事经过此关。"随从侍卫也急赤白脸地说："误了军国大事，要掉脑袋的，你一个小小的兵丁，能担待得起不？"

这把守龙泉关的士兵却一脸认真地说："别说你是钦差大臣，就是当今的皇帝来了，也不能破这铁打的规矩。"守关的士兵说罢，闭紧两扇大门，又回到了城关的门楼上。

皇帝的侍卫随从们一看来硬的闯关还真的不行，就换了一副笑脸又来软的，伸手掏出一块银子扔给了把关的士兵，士兵接过来，一看是银子，立马甩回去，斥责道："好你个诡计多端的奸商，还想贿赂皇家的娘娘兵！今日你们就更甭想过关了。"

一看双方僵持不下，这时，骑在驴背上扮成商人的光绪皇帝对关上的士兵说："去！请你们的督司大人出来说话！"

士兵板着脸说："我们督司大人正在教场呢，没时间和你说闲话！"

光绪皇帝又说："快，打开关门让我们过去吧。你不是说不管官有多大，都要下马下轿吗？我一没骑马，二没坐轿，为什么不让我过去？"

守关士兵说："你为什么骑在驴背上不下来呢？"光绪皇帝说："因为皇家也没有规定骑驴就不让过关呀。"说罢哈哈大笑了起来。

士兵被问得张口结舌，无言以对，红着脸找督司大人报告去了。

督司大人闻报，快步来到关门楼上往下一看，哎呀，骑毛驴的"商人"早已不知哪里去了。督司大人也没料到，那骑毛驴的"商人"就是大清当朝的皇帝——光绪皇帝。

此时，光绪皇帝又换了一套行头，眨眼间变成了乡绅模样，绕道二十多里来到阜平的茨沟营城下，守关的士兵也照样不让骑毛驴的光绪过关，并说："皇家有明文规定，任何人都不得违犯。"侍卫随从们和守关士兵纠缠了半天也无济于事。此时，有一个会办事的侍卫，笑着向士兵央求道："我家老爷摔伤了腿，不能走路，可又有急事，请高抬贵手，让我们进去吧！"士兵还是坚持不让他们过去。

这个机灵的侍卫又说："我家老爷可是个贵人，误了事你能担当得起吗！去，去，把你们督司大人叫出来。"

士兵这才吐露了真情，说："我们的督司大人是当地县太爷大少爷的干爹，今日是大人干儿子大喜之日，大人早已吃喜酒去了。你少给我啰嗦！"侍卫眼珠一转，计上心头，忙说："哎呀，我家老爷是知县的表兄弟，正为此事而来，快让我们过去吧。"士兵一听，心想如不让这一行人过关，将来县太爷怪罪下来，咱可受不了。他连忙打开大门，放他们顺利过了关。

巡访了几处关隘之后，光绪皇帝回到了京都，立时传下一道圣旨：给龙泉关督司提升一级，由原来的五品官提升为四品官，把头盔上的红顶子改为蓝顶子；茨沟营督司官职降一级，由原来的四品官降为五品官。从此，"龙泉关的娘娘兵，皇帝叫关也不应"这个有趣的典故就在骆驼湾一带流传开了。这个流传甚广的故事，在晋冀通商大道上，伴随着远去的驼铃声，越传越远。

阜平人坚守法规的执着精神，从祖先的血脉里弘扬传承至今。

御道车辙里的鲜活记忆

从北京的紫禁城到佛教圣地五台山,路经阜平段。在大清王朝的三百年间,从康熙大帝开始,这条显赫的御道上,有4个皇帝的浩荡车队行走了14次之多,其中康熙大帝曾先后5次路过阜平的龙泉关、骆驼湾、长城岭西去五台山进香,其间跨越28年时光。

康熙大帝第一次巡礼五台山进香,据《圣祖仁皇帝实录》记载,起因是"孝行天下"。

康熙大帝的父亲顺治皇帝生前崇信佛教,取法名"痴道人",并动了舍弃皇位到五台山出家的念头。但是,由于母后孝庄的坚决反对,以及文武大臣的极力劝阻,再加上众侍从人员的严密看护,顺治生前没能如愿以偿。

顺治十八年(1661年)正月初七,顺治帝病逝于皇宫,年仅23岁。

父亲这种视当和尚比做皇上、读经诵佛比治理天下还重要的行为,给童年的康熙留下了极其深刻的心理震撼。

康熙8岁登基,幼年父母双丧,全凭着孝庄文皇太后聪明能干，运筹帷幄，力挽狂澜，几次化解皇室内部抢争皇位的激烈宫廷争斗，使皇权始终掌握在自己的嫡亲孙子手里。因此，康熙大帝对祖母是非常尊崇的，希望她能够长寿健康。而孝庄文皇太后也崇信佛教，极好参禅。

康熙历经八年奋战，平定了三藩之乱，人民生活日趋安定，国家政务也稍觉清闲，年近30岁的青年康熙便决定从日理万机的繁忙中抽出时间，上五台山朝圣拜佛，瞻仰先帝梦寐以求要出家的佛教圣地，并为祖母孝庄文皇太后祈福延寿，求佛祖保佑国泰民安。

（××年，农历二月十二日），康熙率领皇太子胤礽，由侍讲高士奇、翰林院检讨朱彝尊等几位心腹大臣陪驾，从京城出发，路经琉璃河、涞水、易州、满城、唐县等地，于十八日，进入阜平境，驻跸阜平县东大门王快镇。

当天，康熙驻跸阜平龙泉关城内，龙泉关参将于继全等前来朝见。

二十日，康熙到达五台山菩萨顶。

二十四日，辰时，康熙一行踏上回銮之路。当晚，驻跸龙泉关。

第二天早上，康熙在龙泉关开朝议事。

这次朝台拜佛，在回銮途中，康熙大帝曾在长城岭西不远处的石咀村附近的山上，射杀一猛虎，从此，该村更名为射虎村。这里距离骆驼湾村很近，只有一山之隔。

康熙第一次巡礼五台山后，为了满足祖母想亲自瞻礼的愿望,尽管距第一次朝台刚刚过去仅六个月,还是陪同老祖母再次巡礼五台山。

当年九月十一日,康熙一行从京城出发。

二十二日,康熙从五台山返回,再次驻跸龙泉关行宫。

二十四日晚,康熙在龙泉关行宫处理政务。

时隔15年,康熙又开启第三次巡礼五台山之行。

在巡礼途中,山西巡抚倭伦上奏,平定州等十一个州县粮食连年歉收,集市上的粮价高涨,民间食粮匮乏。康熙深为悲痛,遂命山西巡抚查明情况,免除钱粮赋税,并开仓放粮,立即进行赈济。

康熙第三次巡礼五台山时,曾经路过位于大沙河南岸的张家庄。据《阜平县志》记载,清代的时候,这里很繁华。以前,洪水是靠北坡根走的,所以张家庄远离沙河水道,滩宽地多。民国二十八年(1939年),洪水过后维修河道时,把沙河河床改到了南岸,因此,在随后的洪涝灾害中,张家庄的地被冲走了许多。

现在,村北古御道边上,康熙驻跸的尖营遗址已荡然无存。不过,历史还是在这里留下了一个名字——尖营。村民们都知道,这里是当年皇上歇脚打尖的地方。

村里的老年人说,当时,村里有一户白姓人家,在路边摆了一个十分简单的糕铺。康熙吃他家的糕饼后,觉得别有一番美味,龙心大悦,赏了十二杆顶子,后来白家还出了个举人。

当年张家庄的兴盛,可以从一句当地流传的俗语中得知:马老恩的卷子,张家庄的糕。这句话在天津、北京生活的阜平籍人中广为流传。马老恩的卷子和张家庄的糕,现已成为阜平的两种知名传统食品。

相传有条小岭御道,是专为康熙巡礼五台山而修的。如今,这里还依稀可以看到当年的圣迹。沿着这条路向东行三华里,即是惠民湾。村里有棵巨大而古老的槐树,特别引人注目,树干有四人合围粗。村里人说这棵树曾覆盖周围百米之外,相距十几里远的村庄都能遥望到它的顶部绿荫。

当年的二月初六,康熙路过这个村时,在这棵树下打尖喝水,问起这是什么村,村民回答说:小村,不过三五户人家,没有名字。康熙脑子里正牵挂着平凉的赈济灾民之事,因此脱口而出:这个村就叫惠民湾吧!

康熙在此惠了什么民,史料也没有什么记载,在村民的一些零星讲述中,我们只知道,当年,皇上曾赏赐给霍家一件黄马褂。

在康熙又一次巡礼五台山的途中,从大教厂行宫向龙泉关、骆驼湾一带村庄的行进中,前呼后拥的侍从人马先来到离骆驼湾很近的招提寺,眼前一座峥嵘突兀的山峰迎面耸立,显得非常雄伟。

从小习武的康熙一见此山,顿时兴致大发,吩咐左右:将士们,谁射箭超过山顶,赏银五十两。

在场的护卫将士们一个个抖擞精神,跃跃欲试。谁都想在皇上面前展露武功,因而便都使出了浑身解数,无奈功夫不深,一支支箭还没飞到半山腰就触山岩而落。

这些射过箭的将士都自觉惭愧，低头肃立在一旁。康熙看了，语重心长地说："冰冻三尺非一日之寒，平时不苦练本领，战时怎能克敌制胜？"说罢，命令侍从拿出弓箭来。

众人看见英武的康熙运足臂力，挽弓搭箭，"嗖"的一声，利箭从山顶飞过，左右将士护卫莫不惊服。紧接着，他又连发两箭，箭箭飞越高山顶峰。

此时，众人欢呼："皇上武功盖世，万岁，万岁，万万岁！"

由于康熙连发三箭，"皆逾峰巅"，从此这座山就被称为"三箭山"。如今，在山的悬崖石壁上，还能依稀看到"三箭山"几个古体大字。

时光流转，多年以后，大清皇帝乾隆降旨，让直隶总督方观承为纪念此圣事，在山前立石碑并撰写碑文。如今，这块石碑镶立在招提寺中学的墙壁上，字迹还清晰可见。

在康熙西巡五台山时，雍正以贝勒身份两次随行。康熙五十二年（1713年），他曾以亲藩代礼五台山，以一首诗歌，为世人揭开了龙泉关作为五台山佛教圣地东大门的神秘面纱。

恭谒五台过龙泉关偶题
——胤禛

隔断红尘另一天，慈云常护此山巅。

雄关不阻骖鸾客，胜地偏多应迹贤。

兵象销时崇佛像，烽烟靖始扬炉烟。

治平功效无生力，赢得村翁自在眠。

雍正偶得的这首诗作，可以看出他对佛教的理解已经达到一定的高度。诗中表达的是一个时年24岁的皇子对佛教与政治的深刻理解：战争可以赢得天下，但是治理天下要靠佛教。雍正的这首诗作，在表达他的政治理想时，也把古代的阜平山水定格其中。

康熙开启大清皇帝巡礼五台山之旅，至雍正、乾隆、嘉庆、光绪等朝代多位皇帝，均路经阜平的龙泉关行宫驻跸，然后西行五台山进香。在巡礼途中，皇帝们都不忘处理朝政事务，降旨赈济灾民。

在大清朝的几代皇帝中，乾隆帝曾经先后6次路过龙泉关巡礼五台山，时间跨越47年。在皇家的史书和奏章中，记载了他驻跸龙泉关行宫和路过骆驼湾村的详情，可供后人研读、追忆。

在地方志书和民间故事传说中，古御道上的帝王们给后人留下的是有趣的故事和鲜活的文字。

据《阜平县志》记载：当年，乾隆帝取了阜平山水一角春光，描摹了一幅《杏花图》。这幅画为乾隆帝原本以临仿古人绘画见长的创作活动平添了一抹鲜亮、动人的色彩。

这幅画除了描绘阜平深山景色的奇秀之外，还能看出乾隆帝格外喜爱这里的山杏花。

乾隆帝咏叹杏花的诗作颇丰，他认为北方之地苦寒，春天也较江南来得迟缓，故而晚开的杏花比梅花更具有北国春色。另外，由于孔庙"杏坛"的存在，杏花更是与儒家文化的传承具有密不可分的关系，于是被这位皇帝上升到"岂是人间凡卉比，文明终古共春熙"的高度。

在乾隆帝的亲笔写生画中,《杏花图》诗、书、画完美结合,相得益彰,达到了较高的艺术水准。

当年,究竟是阜平县的哪一面山坡、哪一簇杏花触动了皇帝的灵感,让乾隆帝眼前一亮呢?现今,已无从考证。但是,从皇帝进入阜平的第一座行宫王快镇,至西出阜平的骆驼湾村,两地相距百里之遥,海拔落差和温度差别很大。当东部花落叶绿时,西部骆驼湾高山峻岭上的野杏树枝条才刚刚返青发软,两地的花期相差近一个月。正所谓"人间四月芳菲尽,山寺桃花始盛开"。

在巡礼五台山的大清朝皇帝中,嘉庆帝虽然仅有一次邂逅阜平的山水,但同样在这片土地上留下了印迹。

五台山研究专家崔正森先生,对大清朝几任皇帝巡礼五台山一事撰文说:

一、康熙皇帝认为五台山"耸峙于雁门云中之表,接恒岳而俯滹沱,横临朔塞,藩屏京畿",是捍卫大清王朝京畿一带的屏障。嘉庆亦然,他说五台山是"神京之右臂",为清都附近重要的战略要地。

二、五台山是中国佛教四大名山之一,也是中国鲜有的汉藏佛教圣地。所以,它"为诸藩部倾心信仰,进关朝山顶礼者,接踵不绝,诚中华卫藏也"。因此,嘉庆就想借它绥靖蒙藏诸部,加强民族团结,巩固边防,安定社会秩序。

嘉庆帝的西巡用了8年时间进行准备,关于这次巡礼五台山途经阜平的驻跸地,同治版的《阜平县志》记录十分简略:"行在所由,于王快镇、法华村、大校场设大营三,张家庄、普佑寺、不老树、印钞寺设尖营四。"

嘉庆帝在巡礼五台山回到紫禁城后,特命侍臣创作了一幅大手笔的龙泉关全景图——《长城岭春晴览胜图》,并以其御题诗词,勾勒出雄奇独秀的龙泉关,使这座古道雄关鲜活生动起来。

在阜平西行御道的历史辙痕里,在百姓口耳相传的民间故事中,一幕幕凝固成文字的往事,一个个鲜活的人物,仿佛穿越历史的长河,向我们走来。

在阜平这片古老又神奇的山水之间,除了帝王西巡五台山的传说和圣迹,还留下了帝王的诗作。

乾隆帝为阜平写下一首《雨后春山》:

春山过雨浓,

湿翠蔚重重。

非关出想象,

目击写真容。

当年,乾隆帝游览了阜平县境内的水帘洞后,龙心大悦,在《石壁飞泉》一诗中写道:

阜平水帘洞,

路遥未游目。

石壁善争长,

雨后都悬瀑。

水帘洞至今仍是旅游胜地。夏天,雨过天晴,水帘洞周围的大小瀑布,争相跌坠,气势宏大,声震三里之外。谷底散布着一沟的巨石,一石激起千层浪。悬瀑跌宕,草庵盈盈,石壁飞泉,令人叹为观止。

在清代,阜平的道路沿着河岸向前,在西去五台山的御道上,随着山势的起伏,忽然开阔亮眼,转过山来又收拢幽暗。秋后,一边是哗啦作响的河水,一边是草色枯黄的山坡。高远湛蓝的天空,干净洁白的沙滩,鸡鸣犬吠的山村,变幻神奇的景色,构成一幅妙趣横生的天然山野图。

在初春的北方,柳树是较早萌芽的树木。当山风拂面仍觉寒冷的时候,柳枝上那点点嫩黄新绿,刹那间拨动了帝王的心弦,这首《岸柳回风》,在向我们述说当年的美景:

岸柳窣柔丝,

昨黄今绿披。

鼓荡伊谁力,

封家十八姨。

回首当年,在春寒料峭、路途遥遥之中,乾隆帝心怀虔诚,禅语随时会跃上心头。蓝蓝的天空下,深藏山间的小寺寂静无声,听不见晨钟暮鼓,闻不见诵经梵音,一帧唯美的画卷定格在《云岚萧寺》诗句中:

给园栖翠微,

僧去白云归。

借问谁殊胜,

一龛花雨霏。

在阜平西部的大山深处,距离骆驼湾村不远处有一个叫偏梁沟的地方,如今还能看到一些古老的村舍。深山沟里的一介孤村面对着一眼望不到边的山林,偶有几缕炊烟袅袅升起,一块块山石、河石垒成的石墙,抹着一层清香的黄泥,这山间的百年老屋,肯定会触动诗人的灵感,引发思亲寻幽的乡愁。面对此情此景,身为一国之君的乾隆帝又怎能不诗兴大发呢?他在《村舍朝烟》一诗中挥笔写道:

炊烟出野店,

仿佛粥香闻。

二䉒幸无缺,

观民意为欣。

从龙泉关、骆驼湾至长城岭一带,当年是一片望不到边的林海。这方圆百里,高峰低沟中都是郁郁葱葱、莽莽苍苍的松树林。登上"百草路"远望,松林在山巅,在山涧里,满目苍翠。清风拂过,碧海扬波,松涛阵阵,似闻人喊马嘶之声。古代大旅行家徐霞客也在他的游记中对骆驼湾这一带的山水风光,做过生动描述。他在《游五台山日记》一文中写道:"岭之上,巍楼雄峙,即龙泉上关也。关内古松一株,枝耸叶茂,干云俊物。"据当地的村民们说,徐霞客描写的就是骆驼湾山上杨六郎的那棵"挂甲松"。

徐霞客善于观察,勤于调查,身临其境是其游记的一大特色,"不假矫饰,不事雕琢"。当时,徐霞客被骆驼湾村对面岩石陡峭的山峰所吸引,对骆驼湾"老干应接""仙掌插天""遥遥逐人"的山势进行了浓墨重彩的描述。

如今,骆驼湾村南的"辽道背"(方言,指绕来绕去又很遥远的地方,原名宋家庄)一带,仍然是松林如海的原始次生林,这里有"春来翠色滋"的独特迷人风景,以及秋天高远的山色,引来无数游人踏青赏秋。乾隆帝在路过阜平的诗作《秀岭群松》中写道:

埴壒复柴池,

春来翠色滋。

昨过普佑寺,

屏山见若斯。

骆驼湾村地处高寒,初春的时候,在山的背影处,冰溪和冬雪还没来得及消融,等不及的迎春花早已怒放。淡淡的绿意如薄薄的烟雾一样,笼罩着远处的山峦。在朝霞的光辉里,明净的冰雪,白玉一般温润。乾隆帝看到有人结庐在深山,作诗一首《石屏叠翠》,阜平人的质朴,充分体现在这首诗作中:

春烟敛秀峰,

濯濯玉芙蓉。

阿那茅堂下,

畸人可或逢。

遥想当年,初冬,一场大雪飘落,骆驼湾笼罩在白雪之中,更见奇峰驼梁之气势。大雪纷飞过雄关,乾隆帝在左右人马的护卫中来到龙泉关下。周围的雪景,在乾隆帝眼里自然是美妙无比,他在《关山霁雪》一诗中写道:

一谷喜新晴,

林端积素明。

渲刷传神韵,

不孤恖踔行。

在定格山川禀赋与历史的对话中,在过往的御道车辙记忆里,在民间艺人的传唱中,在村里老年人的讲述和《龙泉关》《阜平县志》及《阜平民间文学集成》等多部书籍、资料的记录中,我们汲取了丰富的营养,揭开了骆驼湾神秘面纱的一角儿。

太行山深处,层林吐翠的骆驼湾,确实很不平凡。在中国人民抗日战争最艰难困苦的时期,这里是红色抗日根据地,聂荣臻元帅率领晋察冀边区的抗日将士曾经在这片红色的土地上浴血奋战了十四年。在解放战争时期,毛泽东主席和许多党中央领导人,从陕北转战平山西柏坡的征途上,在这里也留下了中国革命从胜利走向更伟大胜利的历史足迹。

白求恩的血脚印

在太行山高低不平的山岭上,分布着数不清的羊肠小道,从古至今,山路上走过各种各样的人,留下了无数大大小小的脚印。山路上的脚印深浅大小分不清楚了,但是,唯有一双带血的脚印,阜平老区的人民至今还清晰记得,是他在这火成岩山路上,留下了这一串闪光的血脚印!

在抗日战争最艰苦的岁月里,一天,国际共产主义战士白求恩医生,跟随转移的伤员,在太行山一个峡谷中急行军。白求恩医生忽然发现山路上有明显的血迹,于是他加快了脚步,把担架上的伤员一个一个仔细检查了一遍,却没有发现哪个战士的伤口出血了。这血到底是谁流的?他顺着血迹细心查找,一会儿,终于找到了:原来,这山路上的血是从一个抬担架的农民脚下流出来的。

白求恩让担架队停下来,用流利的中国话问那位抬担架的农民:"你怎么赤脚走路?"

"鞋子跑飞了,没顾上找回来。"这个粗壮的汉子随口回应了一句,抬起担架就要走。

"你不能走！"白求恩严肃地说，"再赤脚走下去，你的脚会发炎的。"说着，他就把自己脚上的一双鞋子脱下来，递给了抬担架的汉子。

这个朴实的农民知道，他是从加拿大来帮助中国人民抗日的有名的白求恩大夫，于是忙说："不要紧的，我是石匠出身，过去常光脚在山上打石头，光脚走路不碍事。你是医生，不能不穿鞋的。"

"我脱了鞋还有袜子穿，给！"白求恩把边区人民给他做的一双布鞋撂在担架旁，只穿一双白布袜子大步流星向前走去。

石匠把这双鞋拿在手里，不知怎么是好。担架上的伤员看见他难为情的样子，劝说道："白求恩大夫已经走远了，你就穿上吧。"抬担架的石匠两手颤抖着把鞋子穿在脚上，热泪从他那饱经风霜的脸上滚落了下来。

石匠穿上了白求恩给他的布鞋，催促着抬担架的伙计说："赶快，超过去。"只要遇到宽一点的山路，他就抬担架跑到前头，为的是追上白求恩大夫。

这支担架队在山路上艰难地行进着。忽然，这位石匠一留神脚下，看见路上留下一双大脚踩出的新鲜血脚印儿，他的眼睛模糊了，心扑通直跳。这不是白求恩大夫的脚印吗？他把鞋脱给了我，走了这么长时间的路，袜子一定是磨烂了，才把脚磨出了血。石匠心里十分难过，悔不该接受白求恩的鞋。石匠一心要追上白求恩，想赶快把鞋还给他穿。

这位石匠抬着担架，一路上跑着追啊追，一直追到宿营地，他把担架撂下，把那双大号布鞋脱下来，挟在胳肢窝里就去找它的主人。

石匠光着脚在老乡家挨家挨户打听了半条街，才在一家院子里找到了白求恩大夫。他一进门就看到白求恩正在用纱布包脚，于是赶紧把那双鞋子双手捧到白求恩大夫面前，用颤抖的声音说："白求恩大夫，俺对不起您，让您受苦了。"说着把那双鞋轻轻放在了他身边。

白求恩大夫把鞋拿起来又递给他说："拿去，抬担架累，以便赶路。"

这位石匠完成任务回到家里后，找出平时上山打石头的凿子、锤子，又带上白求恩送给他的那双布鞋，出门上路了。

在一片红白相间的火成岩铺成的石板路上，石匠找到了白求恩大夫留下的那一串血脚印。为了感谢、纪念白求恩这种舍己为人的共产主义精神，他比量着血迹，在山路的石板上深深凿下两个鲜明的足印。

虽然历经了几十年风吹日晒的侵蚀，但是，这双特殊的脚印不仅依旧清晰地刻在这条无名的山路上，更永远留在了老区人民的心里。

骆驼湾的百科书

在骆驼湾村提起陈得忠先生，可以说是妇孺皆知的人物，他被誉为骆驼湾的百科全书，村里的历史掌故。村外的山石草木都在老人心里记着，茶余饭后，他也常挂在嘴边给年轻人念叨。

2018年初秋的一天，我专程登门拜访了年近八旬的陈得忠先生。

陈得忠先生给人的第一印象就挺深刻的：一张国字脸，满面红光，精神矍铄，留着花白的背头，一双大眼睛闪耀着智慧的神采。据随行的村里同志介绍，今年夏天，陈得忠先生和老伴刚从昏暗潮湿又破旧的黄泥小屋搬进敞亮且颇具太行山特色的上下两层青砖的新楼房中。

陈得忠先生对骆驼湾的山山水水、沟沟梁梁、村村户户（骆驼湾是行政中心村，下属还有9个自然村庄）、老人和孩子、亲戚与朋友的情况都了如指掌。骆驼湾山里的每一寸土地，每一棵古树，每一种草药，每一种野生动物，甚至每一块石头底下的故事，他都能随口说出来。这位陈老先生的记忆清晰，表述准确，还挺让人从心里折服的。

陈得忠先生开门见山地自我介绍说，他这一辈兄弟三个，其中大哥陈得庆是部队离休干部，而他最小，于1959年参军，在部队曾当过班长，后来右腿膝盖因风湿得了病，才复原回骆驼湾村务了农。1969年至1983年，任村支部书记，1984年之后又接着当了10年村支部副书记。我们屈指一算，陈得忠先生在骆驼湾村担任村干部近30年，应该说这位老人经历与见证了骆驼湾村在改革开放前后的每一次历史性变革。

陈得忠先生的讲述，仿佛为我打开了认识骆驼湾人生活的一扇明亮的窗口。

陈得忠先生回忆说："骆驼湾村陈唐两家是人口众多的大户，其余的李王张孙周韩是小户，其中有的人家还是单姓独户。"

骆驼湾村陈家的先祖名叫陈万金（祖坟上的石碑有文字记载），他带着3个儿子陈功、陈建、陈显，因逃荒避乱，从山西五台山的灵石村来到山清水秀的骆驼湾落叶生根，经过150多年的繁衍生息，从先祖传到他这一辈已经有八代，如今，陈姓共计有200人，已成为骆驼湾村人口数目最多的家族。

1982年是骆驼湾村历史上人丁最兴旺的时候，9个自然村有11个生产队，共计1060人。现在主村里常住的仅有349人，还都是些65岁以上的老年和残障人士，年轻人都外出进城打工了。他说："我有四个儿子，名叫陈凯、陈杰、陈乾、陈坤。我当年在村里当支书，在村民眼里算是比较有威望的人吧，我的四个儿子，虽然读书不多，但个顶个都不是菜货（指没本事的人），人都长得挺精爽，就是因为村里生存条件差，家家粮食都不够吃，可以说穷得屁股盖着瓦片儿,穷得叮当响,我家除了大儿子在村里娶了媳妇,其余三个儿子都远走他乡,老二在曲阳,老三在北京远郊,老四在定州生活。"他又叹了口气,说:"我的三个儿子,都给女方当了上门女婿,他们生下的孩子都改了陈姓,俺养大的儿子都指望不上了,陈姓的后代要替别人养老送终,尽赡养义务了。这都是因为咱骆驼湾人过的日子穷困,如果再不能脱贫致富,我觉着真的对不起陈姓的祖先啊。"

"我陈得忠一辈子耿直,是个不服输,不怕吃苦受累,敢想又实干的老党员,当了多年的村干部,可自己家几个孩子的出路和归宿也只是这样,村里其他人家的孩子们,除了极少数考上大学有文化有出息以外,都跟我几个儿子的结局差不多。说实话,习近平总书记来骆驼湾看望乡亲们之前,村里除了逢年过节,你还真的看不到年轻人的身影。"在陈先生痛苦的回忆里,我也感受到,如果没有实施精准扶贫,这里已成为一个被遗忘的、正在慢慢自行消亡的、隐藏在大山深处的少有人知的古老村庄。如果套用一句大白话来说就是:这种苦难的现象,归根结底就是因为一个"穷"字闹的。

当回想起当年村民们高举红旗,扛着镐锹,顶风冒雪,整理河滩、开荒造田的场景时,陈得忠先生两眼放光,难掩激动自豪的心情。战天斗地,青石板上造良田,那是他一生中最荣光的岁月。

当年,村支书陈得忠身着旧军装,斗志昂扬,带领村支部一班人和村里的男女精壮劳力,筑坝拦水,艰苦奋斗,兴修水利,在乱石滩上造出了几百亩良田,缓解了村民的缺粮问题。为了让村集体增加经济收入,陈得忠先生三进保定,两上东北的长白山,请农业专家来村里支招会诊,向种人参的专家和参农拜师取经。

为了改变一穷二白的落后面貌,在骆驼湾的山坡上,骆驼湾人因地制宜,种植了 500 亩中药材,还在下属的一个自然村菜树塔搞起了农业科研,试种了两亩长白山人参,这两亩人参试种成功后,还受到了省里科研单位农业专家的高度赞赏。当年,县城里一位老中药商给他估价说:再过几年后,这批长白山人参最少价值 18 万元。这在 40 多年前,确实是一笔可观的集体收入。

可是,让陈得忠先生没想到的事情发生了:一夜之间,他们村里人的劳动成果,因看管不严,两亩还没出土的人参娃娃,被外来的"贼"和个别村民夜里给挖光了。陈得忠得知后,真是投

清泉石上流

诉无门，欲哭无泪，他觉得像撕心裂肺一样疼。这一场突如其来的人祸，让他眼巴巴盼着村集体增收的希望破灭了。陈得忠先生躺倒在土炕上病了三天，滴水未沾唇边。这两亩人参被盗贼挖光，真比从他身上一刀一刀往下割肉都难受，内心里的愤怒、失望、自责和挫败感，像一座沉重的大山，把这位正值壮年的硬汉子压倒了。如今，30多年过去了，谈起这段刻骨铭心的往事，还是让陈得忠先生难以释怀。为群众谋幸福，甩掉贫穷落后的帽子怎么就这样难呢？

听着陈得忠先生的讲述，仿佛让人触摸到了他内心深处感情的涌动。他们那一代骆驼湾人，发扬不等不靠不要、艰苦奋斗、一不怕苦二不怕死和大公无私的献身精神，依靠农业科研改变山村贫穷现状的探索实践是可贵的，这不仅是一种崇高的人格力量，更是今天的脱贫攻坚战中一笔可贵的精神财富。

骆驼湾村依山临溪而建，前后两座大山隔村相望，在奇峰耸立的两山之间，形成了一个天然的扇面形大湾，像一弯金黄色神秘的半月牙儿，沿着月牙儿的"弓弦儿"，顺着欢唱的山溪逆流而上，骆驼湾的深处是一个世外桃源般的神秘世界。

在骆驼湾沟、大成洞沟、小成洞沟、大泥沟、正家沟、地里沟、计岭沟和大南洼里分布着9个自然村庄，这里有古老的菜树塔、杨树塔、辽道背、瓦窑、高石堂沟、藏粮沟、骆驼湾和木桥村。可以说骆驼湾村（行政中心村）每一条有名字的沟里就有山泉水，有水就有人烟，有人烟就有村庄，有村庄就有故事和传说。用当地村民的俗话说，每一座山峰都有名有姓，就好比一个娘生的娃儿，它们分别叫山层石壶、高驼子、石摞尖子、杨树塔、营介巢、风葫芦塔、成洞沟尖子、西凉塔……这些乡土气息浓厚的山名，看起来土得掉渣儿，说起来却带着一股浓得化不开的亲近感，在骆驼湾人口中，就像山村里的老母亲呼喊儿女们的乳名，有一种血脉相连割舍不断的亲情在里边。这浓浓的乡愁，让骆驼湾人不论走多远，不论贫穷与富贵，也不论成功与失败，都将之铭记在心中。这里的山水与村庄，永远是骆驼湾儿女们魂牵梦绕的地方，是他们心灵里的美丽家园，更是他们精神的依托、内生力量的源泉。

曾经，在"以粮为纲"的年代，为了填饱肚子，在"农业学大寨"运动的推动下，开山造田，客观地说确实缓解了不少村民的口粮短缺问题。但是，从长远的目光着眼，这项"造田"活动，对绿水青山自然资源的破坏和损害，应该说是深远和惨痛的。

当历史翻开了新的篇章，改革开放的大潮让国家和人民逐步富裕强盛起来了。"退耕还林"政策的落实和习近平总书记"绿水青山，就是金山银山"的科学发展理念更加深入人心，不仅让偏远山区的老百姓得到了实惠，还让石上清泉长流、百鸟鸣唱、山花飘香的野岭荒山重新披上了绿装。如今，这里已属于"银河山自然保护区"。

这一座座山林，奇峰竞秀，溪水潺潺，百鸟欢唱，松鼠跳跃，野兔出没，夜深人静时，野狼、山豹偶尔发出啸声，引得山鸣谷应。人与自然的和睦守望，给古老的骆驼湾增添了几分原生态的神秘与奇异的氛围。

骆驼湾是人与自然共生共荣的天堂。

野花满山坡

骆驼湾村海拔1500多米，年平均气温9℃。夏天，这里家家户户不支蚊帐、不点蚊香、不买电扇、不使用空调，晚上睡觉还得盖床薄被子，属于典型的冷暖适中、云雨多的山区特殊局部小气候。

骆驼湾村周围的山山岭岭上，古树参天，青松吐翠，绿杨成片、枫树满坡，槐树、香椿、柏树等站立在悬崖危石上守望着一方平安。陈得忠先生说："据史料记载，骆驼湾从来没有发生过泥石流和山体滑坡等自然灾害。"骆驼湾是一片既宁静祥和又滋润人心灵的美丽港湾。

在这里的山坡上、树荫下、石头旁，可以说没有一寸空闲的地方。鲜红艳丽的野月季，在晨风中摇曳多姿；金黄色的菊花，在晚霞里吐出迷人的芳香；叫不上名来的山花多如繁星，把骆驼湾的青山绿水装点得分外妖娆。

在骆驼湾人的心目中，大山里野生的150多种有名的中药材，才真正是山里人金贵的宝贝。这里的山上不仅有穿地龙、黄芩、沙参、车前草、桔梗、蒲公英、小根蒜和青蒿等药材，还有山葱、山韭和野蕨菜等可以食用的山珍；野生的山梨、山杏、山桃、山葡萄、猕猴桃，以及苹果和核桃、酸枣之类的野果，成熟在初夏时节和金色的秋天里。这些在平原上和城市人眼中难得一见的山珍美果，在骆驼湾人眼里并不觉得有多么神奇，也许是他们常年生长在这百宝山中的缘故吧。

陈得忠先生告诉我说，骆驼湾的自然资源丰富独特，人文底蕴更是别具一格，从长城岭上的古长城、烽火台，明朝开国皇帝朱元璋修建的"朱行塔"，抗金名将杨六郎挂过盔甲的"挂甲树"，到近代阎锡山与张作霖的晋奉两军大战，在血流成河的十里战场上，古老的藏兵洞依然保存着，甚至连悬崖上的累累弹痕还依稀可见……除了这些骆驼湾村历史上的传说和遗址，还有与村民生活最贴近的承载着传统文化信仰的圣迹，如骆驼湾村香火不断的老黄庵、清水庵、悬风庵，保佑村民风调雨顺、人财兴旺、生活平顺安康的佛爷庙、龙王庙、药王庙、关公庙、山神和五道子合署办公的五道庙。

大自然和老祖宗给骆驼湾人确实留下了一座可以开发旅游产业的金山银山。回首从新中国成立到改革开放到现在，这几十年的岁月里，骆驼湾人为什么会一直守着金饭碗讨饭吃呢？我们知道闭塞和贫穷像一道套在骆驼湾人头上的紧箍咒，在奔向小康社会的征途上，怎样才能为他们破解这道阻碍生存发展的魔咒呢？在采访陈得忠先生时，这道难题也一直在心头困扰着我们。在接下来的深入采访中，通过一个又一个生动的故事，我寻找到了正确的答案。

骆驼湾这个文化底蕴深厚的村落，民间文化表现形式丰富多彩。陈得忠先生说："据上辈子老人讲，清朝初年，有一种声情并茂、幽默滑稽、蹦跶着演唱的村戏，村民们称之为秧歌戏。秧歌戏颇受骆驼湾人的喜爱，逢年过节、生儿嫁女娶媳妇的喜庆日子里，村里的秧歌都是助兴的重头戏。村里举办隆重的庙会或者是村民家里披麻戴孝、操办丧事时，这秧歌戏也一定不能缺席。"我深深感到，在那信息不发达的年代，宁静的山村假如没了秧歌戏那激动人心的锣鼓、吸引眼球的表演和勾魂摄魄的唱腔，这里就变成了缺少人间烟火被外界遗忘了的无声角落。

这里表演村戏的民间艺人，颇受山西地方戏的影响和熏陶，他们还多次翻山越岭去拜师学艺，从山西的繁峙县又学来了大地秧歌、霸王鞭、踩高跷、跑旱船以及山西梆子和民歌小调儿。当年，民间文艺正兴盛的时期，可以说村里的娃娃过家家时，都夹杂着秧歌戏表演的内容。所以这里不分男女老幼，人人都会唱村戏，个个都有一手表演民俗的绝活。陈得忠先生讲："村里也有人说，咱骆驼湾是古商道上的骆驼队拉来的村庄。"

如今，一首《拉骆驼》的老民歌，村里的老民间艺人还在传唱：

忽听这门外拉骆驼，

三连四五驼。

头驼呀驮得胭脂和官粉，

二驼那个驮的胡椒面，

三那个驼呀驮的尽那个尽杂货，

看不见那骑驼人，

想必他躲避我！

骆驼湾村外有一条冀晋通商的古道，阜平的大枣、枣酒、核桃，曲阳的瓷器，还有保定的花生、棉花、白麦面（指小麦面粉），从这条通商山道运往山西和内蒙古，驼队回来的时候又把山西的小米、木炭，内蒙古的羊皮等土特商品运回来贩卖，这是一条来回都有钱赚的黄金商路。骆驼湾的人为常年路过的驼队提供歇脚、住宿、饮食等多项服务，从中挣点散碎银子贴补家用。牵骆驼的伙计和经商的老东家，在骆驼湾村都有几个一张嘴就能道出名姓的铁哥们儿。在天刚放亮，太阳还在山背后没露出脸的时候，一串串脆生生的驼铃响起来，打破了骆驼湾村的宁静，从睡梦中醒来的骆驼湾又迎来了从东山上爬上来的太阳，骆驼湾在驼铃声中迎来了崭新的一天。

我对骆驼湾的村名来历也颇感兴趣。在历史的长河和过往的岁月里，这个村是因人们与驼队、驼铃、往来的商客结下了不解之缘而得名，还是因一些口耳相传、源远流长、日久生情的故事而广为人知呢？或者从地理位置上讲，它是否因正处于一眼就能望见太行奇峰"百草驼"（又名北驼梁峰）的河滩地而远近闻

村外拴骆驼的石锁

名呢?

从几个不同版本传说透露的信息看,骆驼湾村名的由来,最合理的解释应该是以上三种理由叠加而成的。至于哪种理由更早更有科学性,文献资料记载上已无法考证。不过,这次采访活动结束后,在骆驼湾村口山根下的大路旁边,我们找到了一个与山体岩石连在一起拴骆驼的古老石锁子眼儿,这为我考证村名的来历提供了一个有力的实物佐证。

我刚从陈得忠先生家走出来,突然,天上飘来一片铅灰色的云朵。眨眼间,凉爽的秋雨从天空悄悄洒落下来。跟着前来接我的骆驼湾村的党支部副书记韩守忠淋着箩面般的细雨,我们向村外当年驼队拴骆驼的石锁眼旧址走去。

来到骆驼湾的进村口,在村标志对面的山脚下,韩守忠先生

骆驼湾村党支部副书记韩守忠

用手拨开周边的杂草,在一块坚硬的贴近地面的山岩石体上,还真凿着一个用来拴缰绳的石锁子,大约有两张 A4 纸大小,从岩石上凹了进去,中间的石横梁已经磨成光滑的圆柱形。经过无数条骆驼缰绳的拴解擦磨及岁月风雨的侵蚀,这座大山身上拴骆驼的岩石锁子,成了骆驼湾村来历最有力的见证之一。这个拴骆驼缰绳的石锁子,穿越历史的长河,仿佛正向人们默默诉说着什么,它不仅见证了骆驼湾在商道上曾经的繁忙和兴盛,见证了昨天的贫穷和无奈,还见证了今天脱贫攻坚战的奋斗和精彩,更将见证明天人民生活的富裕和美丽乡村的振兴!

第二章
山村巨变 >>

山村召开"群英会"

骆驼湾村周边都是绵延不断的群山,远处那座半山腰里白云飘动的高峰叫"百草坨",西边那条巨蟒般横卧的大山叫"长城岭",村子东南的"辽道背"上长满了郁郁葱葱的松柏树,村后那一弯像围屏似的青山叫"高驼子山"。这里是坡连着山,山套着沟,沟又隔着山,走进了骆驼湾,就是神仙也一眼望不到山那边。

在国家级的贫困县阜平,骆驼湾村属于特困村,2012年,人均年收入950元。因为土地贫瘠又零散,耕种不易,山路狭窄崎岖,交通不便,自然生存环境恶劣,骆驼湾的村民生活确实比较困难。这里属于国家级连片的特困区,是脱贫攻坚战役最难啃掉的一块"硬骨头"。

当年,骆驼湾的驻村工作队,在摸底调查中发现,多年来,村民种植最多的农作物是玉米和土豆,每年仅能收获一季,夏天收土豆,秋季收玉米。除此之外,2012年,全村养的牛羊共计200多头,有的人家也喂点猪和鸡。村民冬天取暖靠烧劈柴,吃蔬菜基本依靠自己种,过日子能省则省,一分钱得掂量着花。村民家里的主要收入来源是依靠年轻人外出打工，也有部分老年人，农闲时会进山刨些野生药材，卖点钱补贴生活。

在骆驼湾村下属的九个自然村，除了瓦窑村、辽道背村之外，其他几个自然村，早已经人去村空了。往日鸡犬声相闻，炊烟袅袅，还有那穿松林渡云海，只闻马蹄声不见人下来，令人神往的古老山村，如今在城镇化浪潮的冲击下，因为年轻人的离去，正逐步走向破落和消亡。

我们从骆驼湾出发，前往南部的深山里进行过一次探访，在晋冀两省交界处，走到与山西仅一道山梁之隔的大胡卜、黑林沟和偏梁沟村，村里除了山凹里那一家挤着一家的破旧的百年老房子，以及石碾、石磨、戏台、小山神庙之外，就是些年老多病丧失了劳动能力的六十五岁以上的老人，年轻人和孩子们都已经离开了这里，甚至偏梁沟村还出现了一条深沟一个村、一个村里住着两个老光棍的穷困现状，他们唯一的希望就是能搬出大山，在有生之年能够看一眼山外的世界。

之前外界几乎无人知晓的骆驼湾村，在2012年12月30日中共中央总书记习近平到访之后，顿时成了中外媒体和各界人士关注的焦点。

"一定要想方设法尽快让乡亲们过上好日子。"习近平总书记来到骆驼湾村看望慰问困难群众时留下的谆谆嘱托，让骆驼湾人提振了脱贫攻坚的信心，激发了乡亲们致富奔小康的内生动力。

在新年的鞭炮声、亲人们的团聚问候声里，乡亲们在展望新农村建设的未来中看到了光明和出路，往日沉寂的骆驼湾沸腾了起来。从此，决战脱贫攻坚的战鼓在这个小山村里擂响了，骆驼湾村迎来了精准脱贫、跨越式快速发展的春天。

在时任村支部书记顾荣金的提议下，骆驼湾村的新年脱贫致富"群英会"，于2013年的大年除夕下午，在村委会召开了。从城里返乡的30多名青年，满怀希望和信心，走进了充满着热烈氛围的会场。

面对村里青壮年基本上都进城打工，以及缺乏活力和发展后劲的残酷现实，在提前召开的村党支部班子动员会上，老支书顾荣金说："骆驼湾村发展经济的客观条件比较差，但是，客观条件是死的，人是活的。我们现在要想个办法来弥补这个不足，将自然生产环境的劣势，变为发展旅游事业的优势。"他在听取了几个支部委员的发言后，又接着说："说起话来容易，做起事来其实挺难的，但是，如果咱自己都没有信心，不要说建设美丽乡村，就是脱贫'摘帽儿'也非常难实现。"

老支书顾荣金在接受我们采访时回忆说："骆驼湾要想脱贫，没有人才哪能行啊，要趁着外出打工的年轻人返乡回家的时机，把大伙儿召集起来开一个能致富的新项目碰头会，这是新年里全村的头等大事。"

顾荣金今年70岁，1982年当选为村主任、1995年任村党支部书记，在骆驼湾村属于任职时间长，对自然环境、人际关系、风俗习惯、经济结构的底码清楚，在村民中颇有威望的老村干部，现在已经从领导岗位上退了下来。

在那次鼓舞人心的"群英会"上，老支书顾荣金抛砖引玉先

记者采访骆驼湾村老支书顾荣金

做了个开场白:"习近平总书记来咱们村后,乡亲们都挺受鼓舞的,谁都琢磨着怎么能快点摘掉穷帽子。咱村里按照上级因地制宜的扶贫方案,打算发展核桃、药材种植和牛羊养殖及生态旅游,你们这些年轻人在外打拼多年,眼界宽、见识广,今天是大年三十,明个(指明天)就是新年第一天了,村党支部想听听大家的想法和建议。"

顾志慧是村里外出闯荡比较成功的年轻人,他高中毕业后一直在城市打拼,现在是北京一家演出公司的老板。他先站起来在会上说:"我这十几年,走南闯北也跑了不少地方,这次回家过年,看到咱家乡的阜平县城,说实话,甚至没有南方的一些村镇发展建设得好,我心里也挺不是滋味儿,家乡的贫穷落后不是我们骆驼湾人的光荣。"

顾志慧接着又说:"改革开放30多年了,中国已经发生了巨大的变化。但是，我年年回村，年年没啥变化，还是涛声依旧啊。习总书记到访这么个穷山沟为了啥？不就是为了让老百姓脱贫致富嘛！咱骆驼湾人不能辜负了总书记这份爱民的好心啊。从我做起吧。年后，我打算多了解一下养殖方面的政策和市场行情，在村里投资筹建一个养殖合作社，带着大伙儿一起脱贫致富……"

村民任二红今年 42 岁，2000 年从部队复员回乡。随后，他去了北京谋生，从打零工开始起步，积累了资金和经商的经验，还开办了一家建材门市部，年纯收入近 20 万元。他在城里创业时还收获了爱情，2007 年结了婚，老婆是山东姑娘，人家在北京一家大商场还有一份不错的稳定工作。这些年在外闯荡经商，他已经习惯了城市的生活模式和快的工作节拍。

广阔便民超市老板任二红

任二红在发言中说:"我在外打拼了十几年,一路奔波闯荡。虽然说经济上也有收获,但是,也没少吃苦受累,做梦都盼着有一天村里发展好了,再不用抛家舍亲,咱就能在家门口挣钱了。我准备回村里创业,先开家便民超市,经营土特产品和日用百货,然后再搞个能食宿的农家乐,为远方来旅游的客人们做好服务,为乡亲们脱贫致富带个好头。"

在那次"群英会"上,虽然大家针对如何脱贫致富各有不同的看法和建议,但都说出了这些年的贫穷原因:交通不便、信息闭塞、缺少年轻人、致富没项目、发展缺资金等。这些客观因素不容忽视。但是,这场集思广益的"群英会",也激发出了大家摆脱贫困现状的本能与创业脱贫的自觉意识,骆驼湾人的心觉醒了。乡亲们受到习近平总书记殷切希望的鼓舞,他们已经清楚地认识到:脱贫要靠自己的双手,凭真本事才能成功。因为在脱贫的道路上,一定会遇到许许多多的障碍、麻烦和沟坎儿。年轻的骆驼湾人,认清了自己的责任和使命,只有勇于回村挑起重担子,依靠自己的努力来收拾这贫穷的烂摊子,才是脱贫致富的唯一正确选择。

"前些年,上级为扶贫也给过核桃苗、羊和牛什么的,但是,因为年轻人都走了,老年人的思想观念落后和后期的经营管理跟不上,老百姓白忙活了半天,谁也没能挣到钱。"曾经当过村干部的陈彦实话实说,"这次会上统一了思想认识,不少外出的年轻人也表了态,都打算回村干点儿事,年轻人回来了,咱骆驼湾就有希望了。"

50多岁的陈彦，在外打工20多年，妻子刘彦凤在家打理2亩承包责任田，农忙时他回村帮着妻子收割庄稼。陈彦家在骆驼湾村绝对算得上"富裕户"，但是，直到2012年，女儿上大学欠的贷款都还没有还清。

"谁都不想一辈子这样贫穷落后，让人看笑话。"陈彦说，"空想没用，咱得立足当地的自然资源，发展一些林果、养殖和山野菜深加工项目，有了经济和硬件建设的基础，才能带动乡村旅游业的发展，但是零打碎敲没啥大成效，上规模得需要不少资金，希望能得到上级的大力支持。"

30多岁的李爱民，初中毕业。1998年外出打工，在北京干过装卸工，当过司机，也在物流公司干过物品包装工作，每年也有七八万的毛收入。这位年轻力壮、膀大腰粗的"大力士"，文化程度不高，却脑瓜灵光、目光看得比较远，还颇有些胆识。

李爱民满怀信心地说："我看好咱骆驼湾得天独厚的旅游资源，我今年就在自家老房子里开个农家乐，俺媳妇是四川人，她也愿意跟着我从北京回村里来创业，我要开的农家乐，主打品牌是四川特色菜……"

在这次发言热烈的"群英会"上，外出打工回来的任计军、唐晓明、唐栓镜、顾瑞利等30多人为了骆驼湾村早日脱贫，争先献计献策。村里的致富能人顾保平、韩守忠等也提出了一些切实可行的合理建议。

这场叫人兴奋、给人鼓劲的"群英会"，让骆驼湾村党支部一班人形成了新的共识：咱老百姓幸福的好日子，是靠自己的双手干出来的,要动员吸引年轻人回村创业。村党支部要发挥战斗堡垒作用,集中精力,看准要害点,组织动员一切力量,先从硬件建设和切实可行的富民项目上打开突破口,全力以赴,彻底从根子上把"穷神"从骆驼湾村请出去。

梦里的家园

在骆驼湾这场脱贫攻坚战的"群英会"之前，河北省委在阜平县召开了现场办公会，省委领导在这次办公会上明确提出：阜平要确保3年稳定脱贫，8年全面实现小康目标。

阜平县委、县政府为了落实习近平总书记"扶贫工作必须务实，脱贫过程必须扎实，脱贫结果必须真实"的要求，坚持以最有力的组织领导体系、最有效的抓手举措，把保定市委、市政府的决策部署落到实处，确定了以脱贫攻坚统揽经济社会发展全局，围绕"两不愁三保障"的目标，紧紧抓住收入、住房、教育、医疗，兜底保障5个方面精准发力，推动了精准扶贫各项工作的健康发展。

老支书顾荣金在接受我的采访时说：咱骆驼湾就像总书记来村里时说的，"只要有信心，黄土变成金"。这六年来骆驼湾的村容村貌、交通道路发生了巨大的变化，建起了娱乐休闲设施、大酒店和十几家农家乐，还有75个香菇大棚、黑猪养殖场、造福百姓的风景光伏发电树、幸福养老院和骆驼湾小学……咱骆驼湾的乡亲们，都想对习近平总书记说：俺们已经脱贫了，请总书记放心！盼着总书记再来看看，骆驼湾人还要撸起袖子继续加油干！

在采访中，老支书顾金荣谈起这几年上级派来的驻村工作队的帮扶工作时，两眼放光，流露出一脸的感激之情。

顾荣金深情地回忆说："2013年骆驼湾的第一任扶贫工作队队长叫张玉奇，2014年来的驻村工作队队长叫刘树理，这两位都是由河北省委办公厅派下来的，他们为骆驼湾的交通道路和基础建设做出了重大贡献。首先是拓宽打通了骆驼湾连接省道的5.5公里2级标准高速公路；其次是修通了至清水庵、吉林沟的2公里乡村公路和瓦窑至木桥的2公里多道路；除此之外，还为村里修筑了7个塘坝，让200亩靠天吃饭的旱地，都变成了旱涝保收的水浇地；另外为村里修建了石门河与仙山2个休闲公园，2座大戏台；特别是让骆驼湾告别了吃水难的历史，家家户户用上了自来水……"

当年，大型工程和运输车辆随着筑路大军开进了山里，逢山开路，遇水搭桥，一条8米宽的沥青硬化路面的公路穿越4个自然村，一直通到半山腰的香菇种植基地。从此，这条进出方便的大道，把山里山外连成了一个有机整体，这是生活在深山里的人做梦也想不到的变化。

如今，在交通环境得到改善的同时，村庄的整体提升改造也在同步进行中，新颖别致的村民广场、水清岸绿的生态公园、宽敞明亮的中心小学、高大宽阔的村民戏台也相继建成了。基础设施的优化和提升，让骆驼湾村真正获得了一个宜居宜业宜游的优美环境。

从扶贫工作队进村那天算起,两年之后,骆驼湾脱贫攻坚工作已从硬件基础设施建设转变到新农村住房与发展乡村经济建设方面上来了。老支书顾荣金回忆说:"2015年的驻村工作队队长是阜平县司法局的刘向光同志,2016年是河北省住建厅的徐向东处长,2017年是省农业厅的敦伟涛队长,这三任驻村工作队队长和他的队友们,为骆驼湾的脱贫攻坚战役,做出了突出的贡献。那三年的工作任务很艰巨,我亲眼看到他们从2015年开始在村里征地,2016年流转土地600亩,全部种植了高山苹果和优质核桃树。这期间还整理出了河滩地200亩,并搭建起养香菇的大棚75个,为咱村致富找到了一条好门路。除此之外,这几届驻村扶贫工作队,最主要的工作成绩是对骆驼湾村民住房的全面升级改造。驻村工作队和村两委密切配合,按上级的要求和指示精神,本着'统一规划,统一设计,统一施工'的原则推进这项工作……现在公路通到了家门口,也通到了特色产业基地,村容村貌得到了极大改造和提升,不仅村里的水果蔬菜能够及时运出去卖个好价钱,而且吸引了大批城里的观光客,给乡亲们带来了财富。"

"我在2015年,因年老体弱,从村支部书记的位置上退了下来。骆驼湾近两年的很多具体情况,我也说不上来了,要采访今后村里怎么发展规划的事,你得去村里找那些年轻的致富带头人了。"

夕阳西下,山村的夜幕降临了,骆驼湾大街小巷里的街灯亮了，这里没有了白天人流的攒动、喧闹、欢笑，村民们的日常生活仿佛如江河里的水在平原上流淌着一般平静了下来。

是谁撸起了袖子，扑下了身子苦干加巧干，让往日穷苦的骆驼湾村变了模样？是村党支部一班人的团结奋斗，驻村工作队员的鼎力相助，骆驼湾村致富带头人的引领示范作用，还是村民们渴望富裕的奋发努力呢？为了探访骆驼湾村的精准扶贫经验，我带着这一连串的问题和浓厚的兴趣，在骆驼湾村和周围的村庄展开了更深入的观察走访。

这是一场不能输的战役

当天晚上，为了采访便利，在龙泉关镇副镇长曹建平的引领下，我住进了距骆驼湾村不远的平石头村。村里有一家叫"五崖庄园"的旅馆，这是一处环境幽静、依山傍溪而建的农家乐。曹建平同志说："你来这家旅馆吃住都方便，老板不仅是我的朋友，还是个多才多艺的文化人，跟大家有共同的聊天话题。""五崖庄园"的老板顾士翔先生，浓眉方脸，粗壮敦实，看上去有40多岁。曹建平一见顾士翔先生的面，就给我介绍说："这就是庄园的顾老板，他的音乐天赋和造诣颇高，喜欢广交朋友，不仅会经营旅馆，生活也过得潇洒，还是位男高音歌唱家。多年来，他对民间老物件收藏的痴迷和对龙泉关、古长城与烽火台的研究成果，曾引起专家的关注。为此，顾士翔先生还到中央电视台专场做了一期节目。"在随后的入村进山采访中，顾士翔先生还热情陪伴我深入大胡卜、偏梁沟走访，他和曹建平同志对我的这次采访，提供大量无私的帮助，让我非常感动。

夜深人静，溪水淙淙，山泉从小窗外欢快地流过，凉爽的山风让人睡意顿消，打开电脑搜寻"骆驼湾村"，屏幕上跳出一行行吸引眼球的鲜活文字，这些素材对我探访骆驼湾脱贫攻坚的故事，感觉特别有帮助，因此我立刻将之摘录下来：

"一是要积极发展合作制农业，农民用地入股，借助专业公司，科学发展食用菌种植和林果业种植；二是要帮助农民把资本变成资产，这里无污染的绿色土地，可以发展绿色蔬菜种植，这里的传统村落和自然资源，可以发展旅游产业。"河北省住建厅驻村工作队到骆驼湾村还不足2个月，但队长徐向东和组员们对如何帮助这里发展已经有了一定的规划。

为打赢脱贫攻坚战，进一步加强美丽乡村建设，河北省委决定，从2016年起连续用5年时间，选派3万名优秀干部驻村帮扶。2月24日，1800余名省直机关精准扶贫驻村干部，在石家庄誓师出征，徐向东便是其中一员。被分配到习近平总书记曾经到访的骆驼湾村，徐向东明白自己肩上的重任："不脱贫不脱钩，不战胜贫困不罢休。我们帮扶，不是送钱，不是代办，而是要帮助农民找到一条脱贫致富的路子，引导农村科学发展，增强农村'造血'功能，对已经有了一定发展规划的村子来说，首先是要抓好规划落实，做让百姓真正满意的工程。"

骆驼湾村东邻阜平天生桥风景区，西邻佛教圣地山西的五台山，村里的"辽道背"原始次生林，非常具有旅游开发价值。驻村工作队队长徐向东说："我们做好美丽乡村建设，在大力发展农业的同时，发展骆驼湾的生态旅游、乡村旅游，发展农家乐旅游服务业和手工商品经济，可以帮助骆驼湾打赢这场脱贫攻坚战。在这场精准扶贫工作中，只有着力提升扶贫开发的精准性，多渠道增加农民收入，才能实现脱贫的目标。"

数九腊月，太行山深处，天寒地冻，正是当地农民农闲猫冬的季节。但是，在村西北的一片河谷中，却是车来车往，人声鼎沸。放眼望去，这里是一个颇具规模的果品种植基地，一块块梯田顺谷而上，村民们正挑筐挥锹，热火朝天地劳动着。

驻村工作队队长和他的队友们，就好比一个跑接力赛的团队，一棒接着一棒往下传递着正能量。

"授之以鱼，不如授之以渔。精准扶贫，只有实施产业带动才是长久之计。通过不懈努力，目前村里已经形成了食用菌培养、高山果品种植、农家乐旅游三项产业。"河北省农业厅驻村干部、村党支部第一书记敖伟涛介绍说，"村里通过土地流转，利用200亩土地发展食用菌大棚75个；引进2家果品公司，发展高山果品种植700亩。同时，还利用当地旅游资源开办了10多家农家乐民宿。"

骆驼湾大棚承包第一人

在改革开放的春风吹动下,从沿海城市到大江南北,从中东部地区到长城内外,在党和政府的领导下,国家日益强盛,广大城镇和农村居民经过近40年的努力拼搏,早已经摆脱了贫困,解决了吃饭穿衣等温饱问题,开始步入全面小康生活。但是,太行山深处的骆驼湾村,在2012年的时候,为什么还是这样贫穷呢?究其原因,是穷在靠天吃饭的自然条件恶劣上,穷在信息闭塞、交通不便、缺乏资金、没有致富的门路上,还是穷在思想保守、村里又缺少年轻的劳动力上呢?要让村民彻底告别压在头上的这座"贫困"大山,"首先得利用当地得天独厚的资源,找到脱贫的门路和精准的好项目"。近几年来,这已经成为各级党委、政府与驻村扶贫工作队和骆驼湾村党支部一班人的共识。

来到骆驼湾采访的第二天上午,曹建平开车引领着我,沿着骆驼湾村外的公路,向南行驶。从瓦窑村边穿过,再顺着山路往前开了没多远,我们从车窗里看到一面低缓的山坡上分布着一层层山石修成的梯田,梯田上建设着一排排罩着黑色遮阳网的大棚,"骆驼湾食用菌产业基地"几个标志性大红字,在阳光的照耀下显得格外引人注目。

村民在香菇大棚劳动

骆驼湾食用菌产业基地的用地，就是当年冬天骆驼湾人用一块块碎石垒砌，一分一寸地在乱石滩上平整出来的土地。在驻村扶贫工作队的帮助下，骆驼湾引进了一家农业公司的资金和技术，仅用了半年多的时间，75个错落有致的香菇大棚，就像神话般拔地而起，对致富无门路的村民来说，这真是做梦也不敢想的美事。大棚盖好了，但是村里人没见过这营生（方言，指香菇大棚），心里都胆怯得很，谁也怕摆弄（方言，指技术管理）不好赔钱，当时没有一个人愿意出来承包。戏台搭好了没人来唱戏怎么办？这事让主抓这项工作的时任村委会副主任的顾保平作了难，也让投资方和省里来的食用菌专家们"急白了头"，这大棚承包难以往下推动的局面，各方都始料未及，费劲巴力地把大棚盖好了，脱贫的门路摆眼前了，村里的人却产生了观望思想，谁都不愿先下手来做，这项工作可怎么开展呢？

顾保平，今年六十几岁，他在村里属于头脑灵活、眼界宽、会经营又能抓钱的致富能人。

前些年，顾保平在阜平县化工厂参加工作，在随后几年里，他当过县保温材料厂的会计、工艺美术厂的厂长，还搞过农副产品经销，远去北京帮女儿经营过物流公司业务。习总书记来骆驼湾慰问之后，他才决心回乡创业。当年，他自筹资金十几万元，联合5个股东成立了"阜平爱农中药材种植专业合作社"，现已发展到20个股东。目前，他已经在山坡上种植了仿野药材穿地龙、黄芩、丹参、柴胡、龙干等十几种中药材，这200亩市场前景好的中药材，再过两年就可以出土上市销售了。

这一路上听着曹建平对顾保平的介绍，虽然还没见着面，我却已对这位脱贫致富带头人心生敬意。当我走进顾保平承包的蘑菇大棚时，因他外出办事，没有见着他本人，虽说心里有几分遗憾，但是，在大棚里摆放得整齐有序的一层层菌棒架子中间，我们看到了正提篮采香菇的年轻、漂亮又能干的大嫂。这位迎面走出来和曹建平打招呼的人，原来是我要采访的顾保平的爱人，名叫李素梅，她的出现让我们眼前一亮，感觉这次采访有故事听了。

曹建平向这位正忙着采香菇的大嫂说明了我的来意。李嫂带着一脸纯朴的笑容说："俺一个种地的农民，又不会说漂亮话，

李素梅采摘香菇

没啥好采访的。我打电话让当家的回来,他见过世面,让俺家保平跟你们说吧。"曹建平怕我们一见面冷了场,笑着接过话茬,鼓励她说:"当家的不在棚里,记者大老远来了,你就先给说说呗!"看来他说的话,在这位大嫂的心里还挺好使,也说明他和村里的群众挺熟悉的。

李嫂边采着蘑菇边说:"当年,俺老头儿,为了把大棚承包下去,也挺遭难的,他和包村干部、驻村工作队队长,挨家挨户去做动员工作,还告诉乡亲们,这次种蘑菇有省里的技术员给做指导,技术上不用费啥劲,种好了还有人收购,现在蘑菇市场行情好,一年肯定能挣几万块钱,这送上门来的钱都不敢挣,再吃苦受穷,就得怪咱自己不争气了。"

这些年，村里的群众因为家底儿薄，说白了是"穷得酥了骨头"，都讲究眼见为实，最怕上外人的圈套。只要看不到实际收益，你就是磨破了嘴皮子也白搭，乡亲们因为心里没底儿，还是没人敢出头承包这蘑菇大棚。

李嫂快人快语地说："为了给村里的年轻人做个示范，带动一下其他的人，俺老公白纸黑字，当着村里人的面，一口气就应下了3个大棚的承包协议，然后，给村里在外打工的年轻人，一个又一个地打电话动员，这样才一步步做通了承包人的工作。当年，这70多个大棚还真给承包了出去，经过这几年的种植，当初承包大棚的人，如今都尝到了甜头……"李嫂正和我们说着话，突然，听到棚外传来一声汽笛响，人过中年、身材高大健壮的顾保平，开着辆崭新的黑色轿车回来了。

接下来，我从顾保平和曹建平一见面的闲谈中，感觉出他俩非常熟络，他们的关系就像亲兄弟一样友好。顾保平对我们说："咱骆驼湾的蘑菇大棚出产的'老香菇'，在北京高端蔬菜市场上是抢手货，旺季时每天要从这里往外走两三个集装箱的货哩。这几年，咱这基地上从没出现过卖菇难的问题。菇农卖货也方便得很，就近开在基地上的收购站敞开收，现货现钱，挺省心的。"他还告诉我说："种蘑菇也得上心经营，这不仅是个辛苦活儿，也需要管理技术。最忙的时候，要早、中、晚一日三采菇，这东西金贵，如果采摘不及时，价格要掉下来很多，有时一天能卖3000多元的货。我们承包人单凭自己可忙不过来，雇过来的采菇人，还要车接车送，中午管饭吃。工钱开低了没人愿来，中年妇

致富带头人顾保平

女来棚里干活,每人每天开支 80 元左右,全基地 70 多个大棚,忙时要用 200 多人来采菇,平时少说也得百十来个人。说良心话,这片蘑菇大棚建起来之后,可带动了不少村民的创收和就业,应该感谢党和政府扶贫惠民的好政策……"

因为正是采蘑菇的忙时,我就几个关心的问题,采访了这对承包大棚种蘑菇脱贫致富的夫妻。

随后,曹建平一脸笑容地对我说:"大棚里搞香菇种植,是一个立竿见影的好项目,村民唐彦所一家就是这个扶贫项目的直接受益者,我带你们顺便去他家承包的大棚转转。"在他的指引下,我从顾保平家承包的大棚里走出来,顺着大棚外的小路,往前走了不远,就来到了村民唐彦所承包的蘑菇大棚,他们夫妻二人也正在采摘香菇。

唐彦所介绍说:"俺家有四口人,妻子身体不好,前些年,她就干不了体力活儿,以前只能靠俺外出打工,挣俩小钱贴补生活,还要供着两个孩子上学,日子过得挺紧揎(方言,指生活非常困难)。农忙时,还要回来收拾庄稼,一年到头也挣不了几个钱。"为了脱贫,在驻村工作队的协调下,2016年,他大着胆子贷款10万元,承包了3个大棚,开始种植香菇。

"那些年,真的很是发愁,也不知做点什么营生能挣钱,苦日子什么时候能熬到头。"唐彦所说,"现在生活好了,有公司派技术人员指导,香菇采下来统一收购,前两年刚种时,俺还不懂技术,采摘没掌握好时间,赚的钱并不多。今年技术掌握好了,与往年比,尽管行情比较不确定,保守点说,收入大几万元应该是不成问题的。"据了解,骆驼湾村2016年共搭建了食用菌大棚75个,分包给了28户村民,唐彦所是其中普通的一户。

食用菌种植属于劳动密集型产业,也属于短平快的扶贫项目,不仅直接解决了近百名村民的增收问题,还让许多其他村民有了打工的去处和可观收入。唐彦所接着说:"前一段时间,活忙的时候,俺雇了十来个人帮忙,现在本村的劳动力,早已经不够用了,要到外村去雇人。"在大棚外,我见到唐彦所的老伴聂二妮,她正在分拣食用菌。她告诉记者,像她这样的身体条件,地里的重活儿干不了,以前只能在家里苦熬,如今终于也有了用武之地。聂二妮高兴地说:"自己能上手,就能少雇一个人。只要能劳动,生活就有希望,依靠劳动脱贫就有了保障。"聂二妮在劳动中找到了获得感和幸福生活。

在"走棚入户"的实地采访中,我们亲眼看到骆驼湾的蘑菇种植基地项目的落实,真的给群众带来了实实在在的利益。这种"公司+农户"的大棚经营模式,不仅解决了销售和技术等一系列困扰村民的难题,还让村里人吃了一颗劳动致富的"定心丸",让骆驼湾人看到了自己用劳动脱贫的成果。

李哥"脱单"记

丨曹建平在骆驼湾的蘑菇种植基地陪我走访时介绍说:"当年,在骆驼湾村的大龄青年中,村民李志军算是一个有代表性的人物,李哥娶妻与精准扶贫政策的落实关系紧密着哩!"这句话引起了我浓厚的兴趣。

在接下来的采访中我们得知:李志军今年35岁,共有姐弟5人,早已结婚成家的4个姐姐,先后离开了骆驼湾村。老父亲去世之后,家里只留下他母子二人艰难度日,为了谋生,他在十几年前就忍痛含泪外出打工挣钱了。

李志军的家里只剩下了重病缠身的老母亲,一个年迈的老太婆,在家里守着两间破旧漏风的老房子,艰难熬着望不到边的苦日子。那些年,儿子外出打工也没挣到多少钱,因为出不起彩礼钱,"贫穷"把李志军一直拖成了"老单身汉"。

在农村,男大当婚,传宗接代抱孙子,是当父母的为儿子操心的头等大事。娶媳妇成家,过安稳日子,这也成了李哥母子俩可望而不可即的奢望和梦想。但是,堵着家门口的那尊又老又丑的"穷神"却赖在他家里不肯走,这婚姻大事可把李哥一家人愁傻了眼。

这些年来，李哥不知道看了多少姑娘的冷脸儿，母亲也不知踏破了几道媒人家的门槛儿，母子二人更数不清赔了多少笑脸。这小伙子长得也挺精爽，能干又实诚，可就是让一个"穷"字把李家人给难住了，村里的乡亲们也都为李家儿子的婚事操心着急，几个姐姐日子过得也不宽裕，虽都心里着急上火，却又没有能力帮助弟弟解决贫穷的难题。李哥心里想：难道咱山里的小伙子们，除了远走他乡去做"上门女婿"这一条出路，就没有成家娶妻的另外选择了吗？

那年，骆驼湾村整理土地，准备搭建蘑菇大棚，村里的致富带头人顾保平三天两头给李志军打电话，千方百计想动员他回来，通过承包大棚来挣钱脱贫致富。

李志军经过思考比较，他的心被顾保平说动了。其实，这十几年在外打工，他因为没技术又胆小本分，靠卖苦力根本剩不下几个钱，说是一年挣几万元，但是，还得留下一大半在城里花费掉，住房子要钱，用水要钱，使电也要钱，吃饭、坐车、看病……办哪一样事也不能缺钱，每天睁开眼睛，除了干活就是发愁花钱的事。他心里琢磨，在家门口干活，一来能关照年迈多病的母亲，二来花销也少，如果在村里一年能挣两三万块钱，合算起来也比在外打工强。李哥心里一想通了这个理儿，立时就跟村里一起在外打工的几个年轻人认真商量合计了几天，大家都同意先一起回村里看看阵势再说。

在外打工的几个年轻人，虽然说挺快就都回来了，但是，要不要按下手印签订协议承包大棚呢？大家心里不托底，实际上都还在观望。为了打消这群好不容易盼回来的年轻人的疑虑，顾保平和驻村工作队的干部，决定领着这些人和村里有承包意愿的积极户，外出参观取经，让他们开开眼界。把思想解放了，才能放开手脚做事。

李哥也跟随着取经的队伍，从山里来到10公里外的大台乡进行了实地入棚考察。

这大台乡在几年前，大棚蘑菇的种植就已形成了规模，从管理技术、采摘、分拣、保鲜、运输到市场销售已经形成了完整的产业链条，种植户的收入也十分可观。

这次考察学习，让李哥他们这群从城里返乡的年轻人打开了眼界，充实了创业的思想计划，更清楚地看到了脱贫的希望，也理解了村干部和驻村工作队领导的真心帮扶、诚心爱护和良苦的用心。

参观了大棚蘑菇种植示范基地之后，李哥对打工回来的年轻人感动地说："咱看到人家大台乡的人，各家的蘑菇出得挺好，现卖蘑菇现点钱，确实也让咱挺羡慕的。"

村民顶讲究看得见、摸得着、干得了又能拿到手的实在效益。

为了解决村民承包资金不足的难题，接下来，村干部和驻村工作队又协调银行部门，帮助村民申请低息贷款。这一环扣一环的工作水到渠成之后，很快，当年的75个大棚就被28个农户承包下来，这一年，李哥也承包了2个大棚。

时间如流水，在充满希望、收获和忙碌的劳动中，光阴很快就过去了。转眼间，已经到了第一年承包大棚的秋天。李哥当着我的面回忆说："第一年我家承包的大棚，从当年 6 月份出产第一茬蘑菇时算起，半年下来，每个大棚卖了 10 多万元产品，刨去各种成本，我的 2 个大棚总共挣回来近 3 万元纯利，这可比在外打工看老板眼色挣人家的钱，心里更觉着踏实了。"

如今，骆驼湾的新农村提升建设已全面展开。

曹建平用颇形象的话语对我们说："一户户、青水瓦、木挑梁、小披檐、花格窗、石板院、黄泥墙（已不是传统的黄土泥，而是一种新型的建筑外墙装饰涂料）的太行新民居，很快就拔地而起，骆驼湾村已是旧貌换新颜，往日的'穷神'正从村里的贫困户家中飞快逃离出去了。"

骆驼湾村栽下了脱贫致富的梧桐树，山外的金凤凰也就纷纷飞了进来，在这充满活力的美丽山村，开始筑巢、安家、繁育后代了。

李哥一脸自豪地笑着说："我承包大棚的头一年，就说上了媳妇，还很快领了结婚证，把新娘娶进了刚搬迁的新居。第二年，我又承包了 3 个大棚，幸福是双手干出来的，是共产党的精准扶贫政策给了我改变命运的机遇。我非常感激党和政府的好政策，是这一系列的扶贫政策，让我有了一个幸福又美满的家庭。我老母亲逢人就说，骆驼湾的子孙后代都会永远感激党，习近平总书记的恩情真的是比天高比海深啊，这也是咱骆驼湾老百姓的心里话！"

当年，村民们看到顾保平、李志军、唐彦所还有顾四国等承包户挣了钱，都动了心、鼓足了劲儿。

第二年，村民们承包大棚的积极性空前高涨，村委会不得不采用抽签的方式将大棚重新分配承包。最终，骆驼湾村45户获得了大棚种植的承包权。

便民女支书

从闷热潮黏像火炉一样的省城，来到凉爽清新的山乡，我看到山坡上的绿树、野花和偶尔从眼前的山路上跳跃着跑过的松鼠，听着山溪水哗啦啦的歌唱、深谷鸟鸣的回音，感受着拂面而来的晨风，心里飘荡起一种无法言表的惬意，让人产生了一种步入仙境的超脱尘世的体验。早晨，我起床简单洗漱了一下，信步顺着"五崖庄园"旁边的山路散步，边欣赏这独特的风景边暗自寻思，心里有一种非常想找几个当地居民随机聊一聊的欲望。

在山路的转弯处，我遇到了一位身材干瘦高挑、穿一件标记明显的蓝色工装上衣、年纪看上去大约70岁的大爷。我赶紧跟老人家主动打招呼："大爷，您好，早上出来转转……"

在闲聊了几句之后，我得知这位吴大爷是从保定市客车制造厂退休的老工人，平时在城里居住，夏天就回老家龙泉关镇住几个月避一避暑。这几天，他正陪着北京来的亲戚去骆驼湾一带旅游观光，因此，亲戚一家人也就近住进了"五崖庄园"，他起得早，为活动一下筋骨，就随意出来走走。

当我问起吴大爷对山区扶贫的异地搬迁政策有什么看法时，

吴大爷直言不讳地说："党和政府的脱贫帮扶政策好，确实给家乡的老百姓带来了实实在在的利益。但是，任何工作都不能搞一刀切，异地搬迁后，让种地的庄稼人搬到楼上居住，从外表看上去挺好，谁都说是天上掉馅饼的好事。我在想，咱山里的农民不种地，不养猪，不养鸡，做饭也不用烧柴火（方言，指农村人做饭用的树枝、杂草之类）了，那吃菜、吃米、吃面、吃油再加上穿衣、看病什么的零散花销从哪处出呢？平常人家过光景，哪一件事离了花钱能行呢？村里的农民都没有退休金兜着底儿，他们上了楼只剩下了花钱的窟窿，不种庄稼也就切断进钱的门路了，让他们接下来的生活可怎么过呢？"

我听了吴大爷的想法和担忧，心里也产生了几点疑虑。我从山路上转回旅店吃饭时，看见曹建平同志开车来接我去采访，于是当场就把在路上与吴大爷聊天的内容，直接讲给了他听，目的是想就这个扶贫工作中出现的问题，再听听他的意见和看法。曹建平听了这话，把脸沉了下来，严肃地说："你遇见的吴师傅，我认识。他的意见代表了在镇上常住的部分居民的看法。在精准扶贫这场攻坚战中，该不该让山里的贫困群众通过异地搬迁的方式脱贫？今天，我先带你去两个深山村里看看，也不用我再说什么，眼见为实嘛，你就全明白了这其中的必要性和迫切性了。"我感觉曹建平同志的话挺有几分道理，为了一探基层的真实情况，我临时决定到骆驼湾这道山沟里最偏远的村庄去实地进行探访。

在采访活动中因为这样一个偶然触发的动意，我认识了阜平县290多个行政村里屈指可数的一位年轻又热心为群众办实事的农村党支部书记,她就是被老百姓称为"便民女支书"的王利花同志。

大胡卜村村支书王利花看望贫困户

那天,"五崖庄园"的顾士翔老板也颇有兴趣陪我一起进山探访。

在我驱车前往大胡卜村采访的路上,曹建平同志介绍说:

"王利花今年37岁，已是2个孩子的妈妈，她大女儿在县城读高中，二女儿在龙泉关镇读小学，老公常年在外打工，现在她在龙泉关镇上居住，但要常回村里照顾年迈多病的公婆生活。2016年，王利花加入了中国共产党，2017年，她被村里27名党员推选为大胡卜行政中心村党支部书记。这个村子因为太偏远了，至今还没通公交车，她上任后每天早晨5点起床，给上小学的女儿做好饭，就从龙泉关镇的居住地出发，有时搭顺路的面包车、三马子或骑电动车，要在8点前赶到村里处理各项工作，有时要在晚上七八点钟才能回去照管孩子。说实话，她是一个争强好胜又对自己要求高的女干部，真比有的男同志还肯在为群众办实事上操心、下苦工、费心思、出力气。在这个极少为外界知道的山村里，除了残疾和智障，就是生活不能自理的老年人，70岁的老人在村里还得算是"年轻人"哩。说句不该说的实话，现在这个村里死了老人，连两个帮忙的人都找不到了，要上山埋个死了的人，还得去十几里以外花钱雇人帮着抬棺材，才能让过了世的人上山安葬。在这样人迹罕至的山村里居住的老百姓，你们说不把他们搬迁出去能过上好日子吗？"

曹建平给我讲述了村支书王利花和大胡卜村的基本现况，越野车顺着路西行，很快就开进了龙泉关镇——这座远近闻名的山中古镇。如今，这里已经脱胎换骨变了模样，新修的街道两旁是别具特色又颇有太行山风情的两三层楼高的酒店、生活超市、出售建材的门店，一家挨一家的农家乐饭店，各家都悬挂着醒目的招牌，远处是一栋栋灰墙青瓦的居民楼，路边小巷里铺着青石板，两侧则是就地提升改造的特色民居。

曹建平告诉我说："那边正装修的楼房，就是异地搬迁来的居民新居和商品房；这边带有小院的'黄泥房'，都是镇上的老居民按统一标准新建的房子。"说话间，给我们临时开车的顾士翔老板，靠在路边停了车，他冲一个站在小区门口、身材健壮的椭圆脸年轻女子一招手说："王支书，让你久等了，上车吧！"大胡卜村的女支书拉开车门，冲车上的人笑着点头打了个招呼，也没客气就抬腿上了车。

从刚才的闲聊中，我感觉出这是一位朴实、泼辣又挺能干的"女汉子"型村干部，她红润的脸颊上化着一点淡妆，清秀的眉角尖上长着一颗亮眼的美人痣，在这张年轻的脸上，显出几分俏丽的神态。曹建平同志介绍我们认识了之后，还没有客套几句，就感觉到她是一个实在人。我开门见山地问她："你来去当村支书，每天这么辛苦，家里人支持你不？"

王利花笑了笑说："这些年，村里的年轻人都出去打工或者当了上门女婿不回来了，留在村里的46个老弱病残的乡亲，日常生活挺苦的。俺们村里不仅不通公交车，也没有学校，没有医生，连一家简陋的小卖店都养不起，就连平日里吃的油盐，穿的衣服、鞋子、针头线脑儿、花布什么的都要到镇上去购买，从村中往返镇里一次要走20多公里路，这对七八十岁的老人来说，真的是太困难了。村里没有年轻人愿意回来当村干部，而我是一名新党员，看着乡亲们生活有困难，心里也挺难受的，我不图别的，就为了替乡亲们解决实际生活困难，早日搬出这穷山沟，让群众过上好日子,我的付出就值了。"

我好奇地问她:"王书记,你从小就在山村里生活吗?"

王利花点了点头,接着说:"嗯,没错,这几年到镇上居住,就是为了方便孩子上学,其实,我就是个普通家庭妇女。当年,因为家里穷,交不起200块钱的学费,高中没毕业就辍学了。我小学是去骆驼湾上的,学校离大胡卜村18里路,冬天里,每周还要往学校背柴火、米面什么的,那时候走的是小土道儿,也不会骑自行车,几个小朋友,放了学结好伴儿,才敢从山路上往回走,什么狼啊,野猪啊,狐狸什么的,经常在山沟沟里出没,也有野兽伤人的故事在村里传说。现在白天一个大人,从这荒山野沟里走过去,也挺让人提心吊胆的。"

"说起俺家孩子他爸,在北京打工哩,他更顾不上家里的杂事,他怕我回村太吃累身体受不了,坚决不同意我干这个'傻事',公婆也知道村里难办的事多,也不愿让我揽这个烂摊子。我想村里的党员们信任、镇里的领导支持、乡亲们也真的需要这样一个能替他们办实事的年轻人,当时我就是这样想的,我不能辜负乡亲们的希望,就满怀信心回村里工作了。"

我们几个人坐在车上,聆听王利花讲述着她自己的故事。

老板顾士翔开的越野车,在骆驼湾、瓦窑村外宽阔的柏油路上飞驰,窗外的风景一闪而过,越野车载着我们继续顺着山沟往里钻,很快山路就变成了仅有2.5米宽环山盘绕的水泥路。这样窄的山路,如果对面开来辆三马子车也要靠边停下,才能让迎面而来的车慢慢从一边蹭着开过去。山路的右边是百丈悬崖,左边是几十米深的山沟,我们的车越往山里开,路两边的山崖靠得越近。在车上我只听到山沟里哗哗的流水声,转过脸去却望不到沟底儿,仿佛身处一部惊悚的恐怖大片中,我暗自思忖,只有当你进入了这个人烟稀少、满山原始次生林的狭窄山路,才能真正体验到毛骨悚然、胆战心惊的味道。

越野车在山路上艰难缓慢地行进时,突然,顾老板猛一踩刹车,惊叫道:"哎呀!有皮条(指山蛇)。"我们顺着山路前方仔细一看,一条草灰色有自行车车把粗的山蛇,正盘坐在路中间,昂着头吐着红信子,仿佛是在冲着我们这些外来者示威。

顾老板解释说:"山蛇有灵性,开车可不能伤害它,只能把它挑开了再过去。"曹建平同志赶紧下车,在路旁找了一根挺长的干棒(指已经风干了的树枝),把山蛇挑起来,慢慢放到山坡上的草丛里,大约10分钟后,他才返回车上来。我们看到他满头虚汗,脸上还带着几分惊恐的神色。把山蛇从路上挑走,可真是个挺危险的活儿,他自己心里害怕不说,弄不好被山蛇反咬一口,再抢救不及时,可就会有生命危险了。

我坐在车上未敢下车,都觉得心惊肉跳,但是,山村里长大的女支书王利花,看到山蛇拦路并不惊奇,她语调平谈地说:"在山里走路,遇到山蛇挡道,是最平常的现象了,在这深山老林里,没让你遇见野猪、豹子、成群的狼,就算是挺幸运的了,不信,一会咱先去偏梁沟里看看……"

偏梁沟是大胡卜的一个下属自然村。

前去大胡卜时,半路上有一道左转弯,抬头望去,那道沟的地势更险要,狭窄的山路紧贴着刀削一样笔直的沟壁,沟的垂直深度有200多米,从对面山壁上茂密松林里飞挂下来的泉水,像一缕缕白色的细线,从半山腰里飘落下来,汇集到沟底形成一股冲击力不小的山溪,顺着山谷向着骆驼湾村方向流去。

偏梁沟就隐藏在这一眼望不见边的山林里,这是一个有30多处老房院的自然村。支书王利花介绍说:"现在这个村里,常住人口2人,是一对姓张的亲兄弟,这哥俩还不投缘,几十年间,都互相没说过一句话,各自分家居住,大老张住村北口的下坡,小老张住村南口的上坡。前几年,村里的居民都纷纷搬离了这'鬼见愁'的老山沟。大老张因神经错乱,经常下山四处流浪,夜不归村;小老张叫治兵,因儿时得了小儿麻痹,家里无钱医治,落下了终身残疾。"曹建平同志插话说:"张治兵我认识,今年68岁,这辈子最远的一次出山就是让亲戚开着拖拉机,送他去龙泉关镇医院看病。他是村里的五保户,早已丧失了劳动能力,主要靠国家补助和自己种点山菜维持日常生活,近一年来,他吃的油、盐、米、面什么的,都是女支书王利花从山外的镇上给他背着送进来的。"

当我们一行人提心吊胆地走进偏梁沟村,第一眼看到张治兵时,他挂着双拐靠着自家的门框,欢喜得合不拢嘴,住在这深山旮旯里,多少天也见不着个人影,想和人说句话,都变成了奢望。他见了我们第一句话就说:"哎,看见个人来就觉着亲,我这一辈子困在大山里,就算白活了,村里连个人影也望不见,心里也怪瘆得慌。如果,我能搬下山去,每天能看见个活人走动,这一辈子也算活得值了。"

王利花关心地问他："老叔，你吃的治心脏病的药还有不？吃完了说句话，我再给你送上来。你要保重身体，今年秋后，咱们村里人，就都搬到龙泉关镇上住进新楼房过好日子啦。"

张治兵拄着双拐从屋门口的台阶上走下来说："俺早就盼着这一天呢！党和政府派来的村支书真好，她总惦记着我的生活。前年，扶贫工作队给我家安装了太阳能光伏板，看电视、做饭的用电问题解决了，还给我买了收音机，有事就用这房前的大喇叭通知我……"

张治兵还告诉我说："这几年，山里的野兽越来越多，连胆小的松鼠见着人都不怕了。冬天树叶落光了，山里还敞亮点。夏天住在这里，我感觉有些阴森，整天心里都有一种说不出来的恐慌。白天，我站在山坡上的路口，太阳出来了就顺着山路往外边张望，就盼着路上能看见有个往上走的人影儿。夜晚，在山风、溪水和野兽发出的各种混杂的声音中，直瞪着眼睛熬到天亮……"张治兵的讲述，让人有一种难言的辛酸，异地搬迁脱贫，对张治兵这样远居深山又行动不便的人来说，是多么重要啊。

从偏梁沟里出来，顺着来时的山路，往前开了约半个小时，转过几道弯，我们来到了大胡卜村。

这几年，在上级扶贫工作队的帮助下，村东口新盖了几间瓦房，当作村委会的办公室，这旁边还为方便村民健身修建了一个小型活动广场。因为大胡卜村属于计划异地搬迁村，村容村貌显得有些破旧。据村支书王利花介绍："今年秋后，村里的 26 户常住人口,都要搬迁走了,给村民居住的龙泉关镇上的楼房,主体工程已经完工了,现今正在进行室内装修。"

在村委会办公室里,我见到了村里的老会计王德。他介绍说:"大胡卜村户口簿登记人口136人,共计65户,实际常住人口仅有46人,26户,除了村支书王利花外,我是在村里居住的最年轻的人了,今年71周岁。"

在采访中我了解到:大胡卜村,1995年村里的小学就合并到了骆驼湾村。现在周围的四五个村庄,总共只有一个跛腿的"赤脚医生"。全村有600亩山坡地,基本上是一年种一季土豆或玉米,主要是靠天吃饭的旱地,每亩纯收入也就四五百元,这里的村民种地收入真是少得可怜。现在党的扶贫政策好,把村里的土地给流转出去了,每亩能有1000元的收入,60岁以上的老年人,国家每月还有养老补助,特困户还能享受低保政策补贴。今年,村民搬迁后,每户每人有8000元的安家费,什么冬季取暖费、物业管理费,自己只掏一小部分,国家给补助大头。政府替老百姓想得很周到,这些配套的措施解决了搬迁后村民生活的后顾之忧,他们最大的愿望,就是早日搬进新楼,过上像城里人一样的幸福生活。

当我问起前些年咱村里人在脱贫致富方面做了些什么努力时,老会计长叹一声说:"上级领导也真给想了不少办法,但是,也没有从根本上改变现状。年头远的就不说了,2013年,村里用上级给的扶贫资金,购买了100多只羊,每户分了5只喂养,因防疫和管理技术跟不上,时间不长,有的羊传染上了病,这种可怕的病，医生说还会传染到人身上。当时有病的羊被灭疫烧掉后挖深坑埋了，剩下的羊赶紧卖了，谁家再也不敢养了。2015年，上级又给村里支持了36头肉牛，每户常住居民至少分了一头牛，这也是个挺好的事呗，但是，刚把村民养牛的积极性调动起来，又因为土地流转，饲料和青草的问题解决不了，再说咱这里给规划成了'银河山自然保护区'，牛羊都不让上坡吃草了，这政策一转变，圈养成本高就不挣钱了，村民私下又把牛处理掉了，这道脱贫的门路也行不通了。"

我在村里走访中，听村里乡亲们说，自2017年村里新书记王利花上任后，她为村里的群众解决了很多生活困难。村里有一户姓张的大婶，她家男人在医院里查出肺癌晚期，生活特别困难。经王利花提议，村委会一致同意，安排这张家的大婶当村里的保洁员，每年有8000多元的收入，解决了没钱治病的燃眉之急。今年4月，在保定市农业局驻村工作队和王利花的共同努力下，为了给村民增加收入，他们先后争取回来3600只小鸡苗和20头猪仔分给群众饲养。因防疫工作做到位了，这批鸡和猪的成活率很高，群众从养殖中获得了一些实实在在的利益。还有一些科研单位捐献来的有机肥料，让村民在蔬菜和庄稼种植上确实见到了明显效果。

我在村里与村民的随意聊天中，听到和看到了村民对村支部和王利花书记的信任与称赞。有一位守着锅台正在做炸糕的大婶，看见王利花来了，就亲切地招呼她吃炸糕，还拉着她的手说："利花，你可给咱村里人办了不少好事，俺觉着离了你，村里老百姓啥事都得遭大难哩。"这位大婶还对我们介绍说:"利花,可是个好闺女、孝顺的儿媳妇,她老公常年在外打工,公婆在村里生活,年纪大了身体又有病,什么吃的、穿的、烧的还有看病啥的,全都得指望着她操心跑腿。咱这村穷,也养不起个小卖部,谁家短了油盐、需要买衣服鞋子、看病拿药什么的,还将去镇上……虽然儿女们不在身边,但她这当支书的,俺比亲儿女支使着都觉着方便。在这十里八沟,都找不出这样替群众办实事的村干部了。去年冬天,村里韩有来、董三怀、张拴九和韩卫四家断了柴火烧,王利花支书知道这事后,她就到龙泉关镇上的建筑工地上拾废旧的板子。前前后后的,给每家义务送回来一车烧柴,及时解决了这四家特困户冬天的做饭取暖问题。为了解决今年冬天群众的吃菜问题,她和驻村工作队,前几天又给各家发放了一些白菜和大萝卜种子……明年,俺们村搬迁出去了,生活就方便了,再也不用让村支书给群众往回捎东西操心费劲儿了。俺们看着她每天往返几十里路,村里、镇上两头跑,从心里都替她累得慌哩。"

王利花作为一名上任时间不长的女支书,能够真心实意地为群众排忧解难,从身边的每一件小事做起,她的付出不为名不图利,这是一名共产党员的责任和神圣的使命激励她这样去做的。2018年,她被龙泉关镇党委评为"优秀党员"。

我在采访回来的路上暗自思忖,大胡卜村的父老乡亲们,对她的信任和赞扬,真的比任何荣誉和称号的含金量都高。因为群众的眼睛是雪亮的,农村的老百姓最需要这种"接地气"为民办实事的基层村干部。在脱贫攻坚的战斗中,这样心里装着群众、一心为民的农村基层干部,是非常值得我们社会各界支持、敬重和赞扬的。

铸牢和谐的基石

这接下来几天的采访中，曹建平陪着我走村串户，深入田间大棚，在工作中互相熟悉了之后，他挺诚心地对我说："近几年，我主要负责接待中外媒体对骆驼湾的宣传报道工作，跟你一样沉下心来，认真采访，深入挖掘素材。从全方位多角度来采访骆驼湾村脱贫攻坚事迹的记者中，你是最扎实的人，这也挺让我们当地人感动的，所以我也愿意把农村脱贫攻坚的真实情况、经验成果和存在的问题让你去听明白看清楚实底儿。借用你们记者的话说，这叫让事实来说话吧。"

我觉着自己的采访工作做得还不够好，赶紧对他说："各家媒体因为找的角度不同，所以不能以采访的时间长短来考量采访的深浅程度。一篇短新闻报道和一部长篇报告文学，写作需要的素材是不同的，媒体人都是一群有良知又比较辛苦的脑力劳动者，整天像蜜蜂一样四处飞着寻花酿蜜。"

曹建平笑着说："没错，实际工作是这样，写作采访也不是个轻松活儿。在这几天的工作配合中，我感觉你是个认真的人，如果在这次采访中，不让你们看一看农村里真实的情况，你也许就体会不出来，乡镇和村干部在脱贫攻坚战斗中遇到的困难有多么艰巨，农村工作有多复杂与难干，当好一个合格的村支书，在现实生活中真的很难。目前，农村贫困除了环境、项目、资金、年轻人外流问题之外，主要是维护稳定的问题，农村人心不稳定，村民的问题久积不解决，一旦形成了民怨，化解起来就困难了，如果这个时候背后再有坏人从中鼓动挑拨激化矛盾，形成群众集体上访事件，把小事闹腾起来，就会直接影响群众的正常生活，那么这个问题就成了经济落后、村民难以摆脱贫困的关键因素。咱龙泉关镇的北刘庄村，是骆驼湾临近的一个村庄，也是让各级领导头疼的老大难'上访专业村'。多少年来，这村里那数不清的矛盾、纠葛、派性，各种障碍和困难，谁也掰扯不清楚……包村干部换了一届又一届，但是都没有取得村里群众的信任，包村干部一提起这个村，谁都闪得远远的。咱共产党人为了脱贫攻坚战的大局，再难的骨头也得啃下来。"

曹建平接着讲述说，2017年的冬天，龙泉关镇党委书记刘俊亮终于找到阜平县公安局的一位老同志，寻求他出面帮忙解决这个"上访专业村"的问题，这位老同志给他推荐了一位村干部人选。从此，白国斌这位63岁的退休干部，开始进入了北刘庄人的视线。

其实，白国斌这个名字，对北刘庄的村民来说并不陌生，他是从北刘庄走出去的能人。白国斌上学时就是成绩好、品德优秀的好学生，人长得高大帅气，国字脸，两道剑眉透着刚毅的锐气，在他们那代人中属于村里的人尖子。

白国斌高中毕业后，任村里的青年团支部书记兼生产队会计。老支书看他是棵好苗子，精心培养他入了党，希望他将来当村里的接班人，并且还暗示要把闺女许配给他做媳妇。村里当时的妇联主任是他的高中同学，早已追了他很长一段时间。面对来自这两个方面的情感追求，年轻的白国斌都没有答应。因为他想去山外面闯一闯，寻找一个更好的舞台，充分发挥自己的才华、施展自己的拳脚，来实现自己的理想。那时候他正年轻气盛，不愿被村里复杂的人情关系给缠住了前程。

1975年，阜平县磷肥厂的一次招工机会，让白国斌从北刘庄村跳出了农门。后来他又从磷肥厂的众多工人中经过选拔考试，以化学全县第一名的成绩，调入刚筹建的化工厂。从车间主任、生产科长、供销科长一路走过来，他曾多次被评为县优秀工作者和劳动模范。值得一提的是，这家化工厂是当时阜平县最大的国有企业。

这天是星期日，曹建平同志牺牲了休息时间，开车带我来到了传说中的"上访专业村"北刘庄，在村委会办公室，我们见到了身材高大的白国斌和他的伙计副书记张国亮同志。在座谈中，他告诉我说："我在外边工作了几十年，印象最深的一件事是发生在1987年我当生产科长的时候，因为工作超额完成了任务，年终时，上级给我发了个1000元的大红包，这笔奖金我都不敢自己要，最后，还是拿出来，把科里的同事叫出来，一起请客吃了饭，把钱花大家身上了，我才觉得心里安稳。"

在县办企业改制以后，白国斌顺应市场经济发展的潮流，果断做出了一个选择：提前退休和几个朋友创办了一家中药材购销公司。那几年，他的药材生意做得风生水起，确实也挣了钱。但是，一场飞来的灾难，让白国斌变成了"穷光蛋"。老婆为这事气得躺进了医院，三天没吃没喝，还非得要上吊寻死，当时两个儿子正读初中。白国斌知道，如果他倒下了这个家就完了。好汉有泪往肚里咽，他硬扛着挺过了这道难关。

当年那场灭顶之灾是这样造成的：有一个做生意的好友找到他说，他们的小学同学赵大闪，这几年也做药材生意，购货方已经把款打过来了，他亲眼看见钱在银行账上趴着哩，这点事保证没错，眼时（方言，眼下），赵大闪一下子也弄不齐这么多货，他先投20多万元，白国斌也多垫点钱，给赵大闪走两车皮货，他们一起多挣点钱。当时，白国斌也没多想，瞒着老婆就答应了这事。结果是上了赵大闪给俩老同学设的套，这一桩生意让他净赔了37万元，全部家底儿都被这只黑手伸进去掏空了。他的朋友也搭进去20多万元本钱，朋友的老婆一气之下卧床不起，着急上火得了脑血栓，这一家人的幸福生活就因为这一场杀熟的骗局都给毁掉了。至今提起这事都让白国斌很气愤，有人说真该去杀了那骗人的坏东西。白国斌说："杀了他有什么用，钱他都糟蹋光了。当年，他骗了100多万，拐带着个小三跑了，现在事情过去20多年了，他都不敢回来，老婆孩子也都不认他了，在外边混得人不人鬼不鬼的……"

在周围朋友的帮助下，白国斌去了北京创业，从开出租车开始做起，几年之后，他在经济上打了翻身仗，就又回阜平经营轮胎销售公司，重新把生意做红火了。现在两个儿子都挺有出息，大儿子在北京、二儿子在石家庄都买了房有了好工作，家里生活富裕，俩儿子都挣钱不少，也不用他操心。为了安度晚年，他自己的生意也不做了，在县城里每天除了打个小牌，就是三五好友相约，聚一起喝个小酒忆忆旧，小日子过得挺滋润。

当时，刘俊亮登门请他回村当村干部时，白国斌没有当场答应，经过几天的思考，他觉着当年为了自己的前程就断然离开了北刘庄，从心里也觉着对村里的老乡亲们亏欠一份回报。北刘庄村的实际情况，他心里很清楚，上级领导请他出来回村任职，说良心话真的也没法拒绝。

北刘庄村流传着这样一句顺口溜：小毛驴，肚皮白，谁当干部谁发财。

2017年11月，白国斌走马上任北刘庄村党支部书记。

在和谐中求发展，是摆在白国斌和村两委面前的头等大事。

白国斌有一种强烈的责任心和使命感，他要为群众办实事，从根本上解决群众的实际问题，从为民服务的角度出发，以亲民的态度，做好安民维稳的工作。要和谐先要安好老干部的心，他摸清了村里的底码，找准了问题症结的根儿。刚上任他就先召集党员和老干部开了一个"谈心会"，让大家畅所欲言，摆问题，提建议，谈发展经济、改善民生的问题，他的诚信实干精神，让群众和广大党员干部看到了新希望。

白国斌和村里的两委班子干部，先从村里闹得最凶的上访问题抓起，摸清了村民上访的主要动因，是修建保阜高速公路的占地补偿问题。当年,因土地多次转包等复杂原因,造成原施工方因找不到原始承包人而无法兑现补偿费用。还有就是时间长了,公路施工方指挥部已撤散,村民讨要土地补偿,找不到主体责任单位。因此很多问题久拖得不到解决,就越来越纠缠不清了。在这20多家上访户背后,确实有人挑事,也有人组织闹访,这些问题越闹越得不到解决,一天不解决就有人要上访闹事。要想阻止这种恶性事件再发生,白国斌肩上的担子真的不轻。

白国斌向村民承诺,关于占用土地和修路造成的让雨水冲走土地的补偿一事,大家要从实际出发,谁也不能再上访闹事了,由他出面,通过正常渠道协商解决问题。白国斌带着两委班子成员,一户一户协商恳谈,一寸一寸实地去丈量受损的土地。他办事公道,受损户既不能狮子大开口漫天要价,他又不让村民感觉吃了大亏。经过一个多月的摸底走访和协商,20多份补偿协议和保证,终于签好了,但是,白国斌心里并不敢松气,他一边向上级有关部门申诉,一边做上访群众的思想工作。为了从根本上把村里的上访歪风刹住,白国斌又做出了一个让人意想不到的决定。

村里有个贫困户姓袁,老婆去北京给女儿带孩子,他已经60多岁了,说话办事为人仗义,也好喝酒揽事替别人出头,谁都知道他是村里上访的领头起事人,白国斌决定先住到他家里当面去做工作。

北刘庄的村民没一个人看好白国斌的这个举动,因为那个袁老汉脾气古怪嘴不饶人,喝了酒在村里经常骂人闹事,可以说是没人敢惹的茬儿。村里很多人私下说：白支书两天也住不了，不是被轰出来，就得自己半宿里逃出来，羊入虎穴还会有好结果吗？

最让人从心里折服的一点是，白国斌在这袁老汉家里一住就是6个多月，硬是把这个"刺头"给磨平改变好了。白国斌刚住过来的时候，看到袁老汉吃凉馒头喝酒，就对他说："兄弟，往后得正常吃饭，少喝酒，对身体有好处，每顿饭炒俩菜，我陪你喝一杯，咱哥俩好好唠唠。"从此，每天白国斌把吃的米、面、油、菜、肉买回来，让袁老汉负责做饭，两个人在饭桌上喝酒聊天，都围绕着一个上访问题谈心，对方想从白国斌嘴里掏点村干部研究的事，竟一句也没问出来。6个月之后，这位爱闹事的袁老汉心里服了劲，他说："白书记，这十几年，我对上边和村里的干部，谁都没服过软，你是真心替咱老百姓来解决问题的，我从心里服你管了，只要你当一天支书，我保证不组织人上访，村里谁敢跟你摆弄难题，我替你去收拾他。"

白国斌通过找上级领导协调，把北刘庄闹访了10多年的土地补偿问题给画上了圆满的句号。当时的县领导，为了化解群众上访的问题，还专门和白国斌交谈了1个多小时。受到上级领导的肯定和鼓励，白国斌干工作的劲头更足了，他要把余热献给家乡的脱贫攻坚事业。

白国斌对村里的乡亲们讲："老话说，新官不理旧账，我们这一届两委班子，不管哪一届遗留的问题，只要大家提出来，我们都当是这一届的事来处理。当村干部的，首先要一身清白，不图名不贪钱，两委班子要团结，群众才能齐心跟着一起干实事，只要是国家给的钱一分也不能贪，要在和谐中求发展，在发展中促和谐，把北刘庄建设成美丽乡村。"

其实，北刘庄村由乱到稳的过程并不是一帆风顺的，白国斌心里也几次想打退堂鼓，但是，他看到乡亲们生活贫苦，闹得村里的名声又坏，让北刘庄人在外觉得脸上不光彩，他还是暗自咬牙坚持了下来。

白国斌回村工作近两年来，一直引领村党支部充分发挥战斗堡垒作用，北刘庄村的副书记张国亮感慨地说："我们跟着白书记干工作，别说什么捞好处费，还得从家里往外贴着钱办公事。"

白国斌对我们坦率地说："这是实话，国亮以前也是经商的，每年挣个十几万回来不成问题，现在他为村里办事，已经贴进去了好几万元，老婆都跟他急了。今年，为了不让村干部家庭生活受影响，我就自己先垫着钱干活。前些天，一场大雨把出村的路冲烂了，我找来施工队，就跟他们说，干吧，先把道路垫平了，工钱的事找我要。在镇党委的支持和驻村工作队的帮助下，我们把出村的公路，总长3公里，由原来的3米加宽到6米，大型车辆也能开进来施工了。现在我们正整修下属3个自然村的污水处理管道。除此之外，在脱贫攻坚战斗中，我们村还整理好了田间公路，方便村民耕种和收割，受到乡亲们的好评。为了增加贫困户的收入，在贫困户的房顶上安装了光伏发电板，除了保障自家用电外，每户每年还能分到3000元红利。明年，村里准备开发建设一处300亩的白桃采摘园，拉动起村里的旅游观光产业。"

在采访中我还了解到,北刘庄背靠风景秀丽的千峰山,可开发的旅游资源十分丰富,现在正与投资方协商旅游开发的具体合作细节。这里夏天不用开空调、电扇,还没有蚊子咬,晚上睡觉盖被子,要多凉爽有多凉爽。这里空气清新,是天然氧吧,更有优质的山泉水流淌着……

现在北刘庄村的两委班子很团结,获得了群众的信任。

村主任唐国平刚上任时,村里有人在背后也说过一些闲话。说他是代表那一派的人,站出来就是和白国斌对着干的。白国斌就不信这个邪,他为人清正,心里底气十足,一直本着公平公正的原则,身正不怕影子歪。他清楚,打铁的人就得自身硬,只有正确处理好各种复杂的关系,才能团结同志一道做好村里的群众工作。

白国斌在采访中讲述说:"我看唐国平这小伙子不错,年轻有为,肯为村民办实事,处事讲公道,因此,我们村党支部就着重培养他,还准备让他将来挑重担子哩。村主任唐国平也对我掏心窝子说,大哥,你放着城里清闲的晚年好生活不过,是真心为咱们北刘庄老百姓来办好事的,你一身正气,不谋私利,群众信任你,我坚决支持你的工作。"

曹建平听他讲到这里,当场用非常接地气的话总结说:"北刘庄的两委班子,是典型的'三黑'组合。"

我听了大吃一惊,急忙问道:"这话怎么解释呢?"

曹建平聪明的眼神一闪,一板一眼地说:"第一黑是村支部的副职当黑马,遇到困难向前冲;第二黑是村主任唱黑脸,处事公平公正透明，一碗水端平，不分远近亲疏；第三黑是村支书'背黑锅'，敢于替两委干部承担责任。这样的'三黑'干部，在农村最得民心，也最让群众信赖。"

我在采访中深刻认识到，白国斌回村工作遇到的困难与问题，在骆驼湾村也同样存在着，区别只是程度的轻重大小不同，因此，在推进美丽乡村建设中，学习白国斌的先进事迹，对于骆驼湾村也具有积极的借鉴意义。

老有所为的白国斌书记，退休后又回村任职，他这种全心全意为老百姓服务，在维护农村稳定构建和谐社会中献身精准扶贫事业的壮举，彰显了一个共产党员崇高的理想和自我牺牲精神。

村干部的风采

这几天，在深入骆驼湾村精准扶贫第一线采访中，一直陪着我介绍被采访者和兼当向导的曹建平，引起了我采访他的浓厚兴趣，因为他只要看到村里的群众，不分男女老少，都会主动去打招呼，顺便再聊上几句家常话。从街上清理卫生的大嫂，站在脚手架上抹灰墙的大叔，到正在菜园里摘豆角的老太太，还有开车刚回村探望父母的小伙子，都跟见了亲戚一样和他亲近。他说话的声音不高，但是语气中带着一股子真诚、有力又强烈感人的劲儿。我们看得出曹建平在乡镇干部中，属于工作经验丰富，群众关系融洽，知者不惑、仁者不忧、勇者不惧的聪明智慧型人物。2015年8月，在骆驼湾村脱贫攻坚进入最关键的时期，时任龙泉关镇组织委员的曹建平，被镇党委选派到骆驼湾村去当包村干部。

在骆驼湾村这场史无前例的多方合力推动的脱贫攻坚战中，曹建平不仅是一位见证人，更是一位亲自上场的参战者和经历者，他对这场战斗的艰难性、复杂性和对村民性格、态度多样性的了解，肯定比一般人体会得更客观深刻。我几次想采访曹建平同志，但都被他以"我没做什么大事，还是抓紧时间采访别人"为由谢绝了。

后来，曹建平思忖了片刻说："这几年，骆驼湾村和龙泉关镇的老百姓能够很快脱贫，说句实话，除了各级党和政府、驻村工作队、乡镇广大干部和群众的努力，还有一个人的贡献是不可忽视的。"

我好奇地问他："这个人是谁呢？介绍一下他的事迹。"曹建平认真地说："他是咱阜平县人大常委会副主任、龙泉关镇党委书记刘俊亮同志，他在精准扶贫一线是个实干家，被群众称为龙泉关镇脱贫攻坚的领头雁！"

曹建平同志的介绍引起了我极大的兴趣。他接着讲述说："刘俊亮非常务实，是一位从群众中来到群众中去的镇党委书记，他开展工作的法宝是密切联系群众，对于全镇的自然资源、产业发展优势和不足，甚至每一个村里的贫困户家庭成员的收入、土地、住房和现实存在的困难，都将底码摸得非常清楚。他也是从一般乡镇干部，经过一步步努力，走上了镇领导的岗位。我们在工作中感觉他是一个接地气又能干的领头人，咱龙泉关的村镇干部都挺敬佩他的。我这样对你们说，好像有背后给领导评功摆好拍马屁的嫌疑呢。"他坦率地笑着讲述，已经打消了我心里那一丝不易察觉的疑虑，接着他直白地说："其实，我给你讲几个实实在在的他在生活与工作中的小细节，你就清楚地认识他了。"

前几年，骆驼湾和龙泉关镇，正处于脱贫攻坚最关键的时候，刘俊亮和龙泉关镇的干部平时吃住都在村里和镇上，现场办公,以解决棘手的问题。他家上小学的女儿,住在阜平县城里,女儿每周最大的愿望就是盼着爸爸回来吃顿团圆饭。论说阜平县城离龙泉关镇不远,现在交通方便了,开车也就20多分钟的距离。但是,因为工作太忙了,他很少回去看望妻子和女儿。为了把他盼回家来,每当爸爸回家吃一次饭,他女儿就在卧室的墙壁上画一道记号,那一年算下来,他爱人数了数女儿卧室墙上的划痕,只有可怜的21道。这事说起来,挺让人眼热心酸的。我心里想,为了精准扶贫事业而顾不上照顾自己的家人,这样的干部确实挺让人感动的。

两年前,有一次镇里的司机因家里有事请假走了,正赶上刘俊亮书记要去下属村里参加一个重要会议,他二话不说,就自己开车上了路,当时,由于路窄沟深,汽车转弯时,撞到了突然从山上滚下来的一块石头,人还没回过神来,轿车当场就翻下了30多米深的山沟。他连人带车从沟坡上翻滚了下去,那场面真是惊心动魄,现在回想起那惊险的一瞬间,都会给人吓出一身的冷汗。要不是被山坡上一棵大树给碰巧拦住了,刘俊亮书记也许当场就"光荣"了。

当时,刘俊亮从半山坡上的车窗里钻出来时,他的两根肋骨已经摔断了,但是,他硬是强忍着疼痛又步行了2里路,及时赶到村里去开会,还现场解决了几个急着处理的问题。把村里棘手的难题处理妥了,他才被"120"救护车送到阜平县医院去进行治疗。

让人记忆深刻的生活中的一件小事:龙泉关镇政府刚搬进新

办公楼时，虽然他三番五次开会讲了楼道的卫生清理问题（因为节约开支，让镇干部自己动手清理，划分了楼层责任区），但是收效甚微。3天之后，刘俊亮书记不声不响，就自己行动了起来，他每天早晨5点起床，第一件事就是往楼下提着袋子运垃圾、清扫楼道。当时，他也没有批评镇里的任何干部。一周之后，镇政府大院的干部和工作人员，就都自觉行动了起来，把楼道里的垃圾每天及时清理掉了。

曹建平一脸真诚地说："刘俊亮书记的故事多得很哩，就是讲上三天也说不完，你们还是找他本人聊吧。"

我在随后的几天里，多次通过电话、短信方式才联系上了刘俊亮书记，但是因为他工作忙、无法脱身等多种原因，我没有能亲自采访到他本人，这已成为我此次采访中的一件遗憾事。

在多年的采访活动中，我也深知采访不仅是聆听、记录和思考、提炼主题这样简单容易的工作，更主要的是要挖掘出被采访者背后那一连串鲜为人知的感人故事，这也需要运用技巧，才能寻找机会打开他那扇心灵的窗口，从不同角度去揭示被采访者的内心世界，让读者看到一个个鲜活真实的人物。

那天正赶上是周六，按正常工作安排，曹建平应该回家休息，我也连轴跑腾了好几天，想趁此机会放松一下心情，顺便进山游览一下五崖山的奇妙风光。

刚吃过早餐，我正准备进山去转悠着玩的时候，曹建平开着他那辆半旧的私家车，到山庄上来接我去村里采访。他的这种工作精神挺让人感动的，我于是随机改变了计划。

曹建平的车刚在院里停稳，右边车门一开，从副驾驶位置上跳下来一位亮眼的美妇，中等个儿，身材苗条灵巧，欢眉大眼瓜子脸，穿着也挺洋气时尚的。我心里暗自一惊：哎呀，这位接地气的乡镇干部看起来还挺风流的，竟真敢带着"小蜜"出来到记者面前显摆……

曹建平指着那位美妇人给我们介绍说："这是我媳妇，周日休息，顺便也陪你们去村里转转。"我一听是他爱人，就开玩笑地问他："曹镇（曹建平同志时任龙泉关镇副镇长），你艳福不浅呀，这位是第几任夫人？真是漂亮又年轻啊！"

曹建平一脸平静地说："这是正经的原配，她漂亮我承认，但是说她年轻，你还真是看走眼了，上个月刚荣升了老丈母娘，她比我小两岁，保定市博野人，从平原嫁到了咱这穷山沟沟里，我们以前是在保定市一家工厂打工时认识的……"

我当面笑着问他爱人说："嫂子，当年曹建平给你吃了什么迷魂药，就把你从城里'拐'回来了，他在你父母跟前花了多大的价钱？为娶你应该下了血本吧。"

曹建平的爱人笑着说："可行了吧，还说他出大价钱呢，俺是一分彩礼没朝他要，还倒贴着钱，让他给圈哄着上了当。钻进他家的破土房子里一看，哎呀，两个穷窝儿一条大土炕，就让俺一个十七八岁的大姑娘，心甘情愿给他当了媳妇。这一晃20多年过去了，还给他老曹家生了一双儿女，这两年，苦日子才刚熬出了头。"她那带着浓厚保定味的普通话，说得干脆利索又韵调儿优美动听。

我又趁热打铁问她："当年，嫂子你是怎么就看上曹镇了？"

她脸上泛起一层红霞说："在保定市毛衣厂上班的时候，我和他在一个车间里干活，当年，他还是小伙子的时候，长得高大帅气，嘴甜又会哄弄人呗。因为车间里男工少得很，他成了女工们眼里的稀缺资源，那时候他特别招女人喜欢，人还有几分才气，负责出厂报，诗歌写得让人挺动心。当时我父母都不同意我俩谈恋爱，家里的大人说，山里的丑闺女们还拼着命往外嫁哩，咱一个大平原上的白俊闺女，凭什么要去跟他钻穷山沟找苦吃呢？俺们老家可是一马平川。当年，我对山里的生活感觉挺好奇，这就叫好奇害死猫吧。他在诗歌里给俺描绘说，他的家乡美如画，泉水在绿树林里歌唱，白云一样的羊群在山坡上飘，松鼠、猴子在树枝上跳跃，还有百灵鸟和满山飘香的中草药……当时，我还信以为真了，嫁过来这些年，在他们家叫不老树（村名）的山上，不仅没见到过成群的羊，连个猴子影儿也没看着过啊。"

我又接着问她："嫂子，你现在还后悔嫁到山里来吧？"

她露出一脸自信的神色，又故意嗔道："这女人找婆家的事，后悔又有什么用呢，你还是得认命不受屈儿。让我说吧，这些年，他除了忙工作顾不上管家务，对我和孩子、老人还真的挺知冷知热的。俺们家建平，在他们村里也算是有出息的好男人。"

曹建平的爱人还告诉我说："在村里当干部，你没本事耍滑头，再加上不给老百姓办实事，这样的人是吃不开也干不长远的。因为人看人，户看户，群众看的是村干部。我们结婚后，就跟着他回阜平县天生桥镇不老树村生活了,我在家带孩子、照料老人,还要和老公公去山坡上种地。他1997年当了村委会的会计,随后几年,又当过村里的民兵连长、治保主任、村支部委员什么的。2005年,他接了老支书的班,2009年他以全县村支书考试与面试第一的成绩考上了乡镇公务员,2015年调到龙泉关镇来工作。"

我从和曹建平爱人的聊天中"套出"了一些在工作简历上看不到的信息。这时候,曹建平再不好拒绝我们的采访了。看到我们几个人在院子里说话,热心肠的老板顾士翔说:"曹镇,上车,你们在车上聊着,我开车拉着你们进山。"

曹建平在车上告诉我说:"老百姓常说,鸟靠翅膀兽靠腿,人靠智慧鱼靠尾。村干部要想做好基层工作,要相信、依靠群众并深入到群众中去,从根子上寻找解决问题的方法。他家树上长的是柿子,咱就得摘了吃;人家口袋里装的是核桃,你就得砸了吃。这人横要有道理管着,马横得有缰绳拦住。那年夏天,我刚当上村支部书记,村里高嗓门说话带脏字的孙二嫂找上门来了,她家菜园里的小白菜也不知被哪家的小鸡给进去叨腾了(方言,指菜让鸡给破坏了)一片,孙二嫂一见就火气顶上了脑门,她左手提着一壶水,右手端个大碗,一屁股坐在自家房顶上,面朝着大街开了骂腔。她从祖宗八辈开始,围绕男女隐私部位,一边喝水一边骂街,一个人折腾了半天,天黑了骂够了才从房顶上下来去做晚饭。孙二嫂刚骂了小鸡吃了她家的白菜,第二天,她家菜园里的黄瓜又少了两根,紧接着,她故伎重演又坐房顶上骂了一天的糊涂街,第三天,她又发现自家的菜园里不声不响丢了3个西红柿。这让孙二嫂还真纳了闷,她怎么骂街也没人吱声,菜园里的菜该丢还接着丢。看来骂街这招不灵了,得找村干部评理去了。"

孙二嫂把丢菜的事向曹建平骂骂咧咧地讲述了一遍。他脸一沉问道:"你怀疑是谁干的?"

孙二嫂说:"这烂事,我琢磨着跑不了'三只手'老陈家那浪婆娘,因为她家跟俺家的菜园中间就隔着一道篱笆墙……"

曹建平一脸严肃地反问她:"你逮住人家啦?你没亲手抓住就不能乱说,骂街能解决问题不?走,带我去看看。"

孙二嫂领着曹建平来到村外她家的菜园里,正巧邻居老陈的媳妇也在菜园里浇水。两家的小菜园周围都用篱笆扎得挺严紧,中间还用一道篱笆墙隔开了。为了化解两家的矛盾和暗中的猜疑,还不如打开篱笆说亮话。

曹建平对孙二嫂说:"二嫂,你家菜园里老丢菜,我看是缺少人看守的原因。你们两家把中间这道'隔心'的篱笆墙拆了,互相都照看着点,以后就不会丢菜了。"

当时,孙陈两人都还半信半疑哩,两家菜园中间的篱笆拆了以后,孙二嫂家的菜就再也没丢过。她也不上房骂街了,两家的关系也亲近了。村里人听老陈家两口私下说:"这小曹书记,还真挺厉害,篱笆一拆给咱家拴上了绳儿,她家有篱笆墙的时候丢了东西还怀疑咱哩,这没有篱笆墙挡着了,再丢了菜更得说咱家人不是了,以后孩子大了说媳妇,把名声坏了可不中,咱还得替她多看着点，可不能让孙家媳妇再骂街损巴人了……"

山里人从结绳记事的时代起，总是依靠10个手指头，把眼前的事掰开了，算来算去的。其实农村工作中，如果没有这些零碎细小的杂事，就没有平凡中的伟大。

闲言少叙，书归正传。2015年8月，曹建平被选派到骆驼湾村当包村干部。

当时，村里的中心工作是推进美丽乡村建设，本着"统一设计，统一规划，统一施工"的三原则，对骆驼湾村施行就地拆迁升级改建。说实话，从习近平总书记来骆驼湾村慰问，已经过去两年多时间了，脱贫攻坚战的主要精力还集中在道路交通和农田水利基础建设方面。村容村貌变化不明显，骆驼湾村的现状与省领导提出的"10+S"总体目标，还有很大的距离。

骆驼湾的总体发展目标包括做好做实，路、水、电、信（通信）、房、科、教、文、娱、保（医疗保险）等十个方面的工作。落实"农民美、农村美、产业美"三大美丽乡村改造战略工程。在骆驼湾的总体战略目标推进中，要敢想敢干，狠抓落实，干出实效，建设的步子要迈得再快一些。

为了着力推进骆驼湾村的总体战略目标，上级党委和政府紧接着出台了一系列优惠政策，比如：在就地城镇化改造提升项目中，百平方米内的房屋补助5.4万元；内部装修补助6万元；享受国家危房补助2.8万元；免费为每户安装价值3万元的空气热源泵，让每一户村民搬进新居后，冬天都能用上地暖。再加上旧宅院拆除时的核算价值，以每人平均住房25平方米的标准计算，村民从旧房中搬进新民居，基本上每户仅需掏很少的一点钱。对于村里的特困户，国家政策实行兜底，连一分钱都不用自己掏。这种千载难遇的好机会、好政策、好形势，当时并没有让村民们眼前一亮，立马行动起来，反而还让部分人产生了怀疑而持观望态度。曹建平刚上任时，在村里落实新建房推进工作中，遇到了很大的阻力。

骆驼湾村里的老年人多，与年轻人相比，信息封闭、思想保守、眼界不宽是实际情况。若要把家里人住了几辈子的老房拆了，世世代代把房子当成安身立命的根基、恋旧情结很重的老年人非常难接受"上级说句话，就来拆掉祖屋"的做法，对他们来说，安身的"土窝窝"穷家没了，"靠着刨食吃饭的土地"也流转了。如果以后政府不管他们了，就是去讨饭说理也摸不清门路了。

那一年，正赶上老支书顾荣金退下去，山上林场的原场长回村任支部书记，干了几个月之后，因身体不好，就撂担子辞职不干了。在这新旧交替之际，村里的两委班子战斗力比较薄弱，班子成员中也存在着软、散、懒的现象，有的村民更是存在着等、靠、要和消极的观望思想。在驻村工作队的帮助和支持下，曾经在农村工作中摸爬滚打冲出来的曹建平，挑起了包村干部这副重担子。

曹建平带领骆驼湾的党员干部，在推进村里的各项扶贫工作中，首先推出了"一挂三定四评"的有力措施，让党员干部真抓实干给村民做样板。

这"一挂"是亮出党员身份，每一户党员的门上挂一个共产党员的红牌子，让它时刻提醒自己不是普通群众，是一名光荣的中国共产党党员，要随时接受群众的监督。

这"三定"是：一定职责，二定目标，三定要求。村党支部根据每一个党员的年龄、技术专长，分别设置不同的岗位。这样做让过去一个个无职无位的党员，都变成了有职有位有责任的党员。

曹建平在介绍情况时说："比如，村里有文艺爱好和专长的党员就给他设一个文明新风岗，主要负责村里举办文艺活动，在红白喜事上，倡导文明的社会主义新风尚；手勤爱干净的党员，就给他设一个卫生整洁岗，负责村里保洁员的监督工作；有威信、讲公道的党员，就给他设立民主监督岗，让他负责对村里的财务和各项工作的落实情况进行监督；把村里懂经营、能致富、爱农村的党员，安排到产业发展岗位上发挥引领示范作用。"

包村干部曹建平农村工作经验非常丰富，解决问题化解矛盾的方法非常灵活有效。

党员队伍中，除了给每一个人都定出了岗位、目标，另外还有很多具体的要求，比如：村务监督中发现了什么问题；产业发展有几项规划，落实进展情况如何；负责倡导文明新风的党员，你搞了几次什么活动。党员队伍建设抓起来以后，激发了广大党员的内生动力和工作积极性，为新农村的建设铺平了道路。

这最后重要的一环是抓好村里党员干部队伍的组织纪律工作，如开展"四评"活动。在有村民代表参加的党员民主生活评议大会上,开展自评、互评、村民代表参评、村党支部终评。把"四评"的结果,在村里张榜公布,这样做对每一个党员确实起到了很大的教育和引领作用。

在骆驼湾的各项工作中,曹建平深刻认识到,抓住了党员队伍建设,村支部就有了凝聚力、核心力和战斗力,这样才能真正形成战斗堡垒作用。在抓党员队伍思想、职责建设的同时,这一年,还发展培养了顾保平和张凤忠两名新党员,壮大了骆驼湾村的基层党员队伍。

在动员村民拆迁重建的工作中,除了集中村民详细讲解宣传党和政府的优惠政策外,还通过电话、微信平台等多种方式,给外出打工的村民宣讲政策,做思想动员工作。为了破解村民中普遍存在着的"捻现利"(方言,指在交易中见货付钱,不能赊欠),看不见结果就不相信你的难题,曹建平同志发动村干部带头拆迁,先行先试,让村里的党员起榜样作用,让村民看到实实在在的好处。

骆驼湾的新农村建设拆迁改造工作,从曹建平任包村干部的2015年8月开始,阜平县委、县政府领导要求当年完成7户村民的搬迁拆建任务。结果,当年骆驼湾村有11户村民搬进了特色新居。这项工作的顺利推进,受到了上级领导的表彰。

曹建平在任包村干部时,提出的奋斗目标是立足当前,着眼长远,改进方法,谋划发展,年底摘掉贫困村的落后"帽子"。在驻村扶贫工作队和上级党委、政府的大力支持下,2013年以来,骆驼湾村还新建了6座塘坝,新建的小学校园和村内互助幸福院已经投入使用。"我们还有新建的大戏台、碾坊、乡村公园等26处工程,现在基础设施等硬件已经基本完善,村容村貌也得到了大幅提升。"曹建平接着说。

骆驼湾村2014年脱贫6户11人,2015年脱贫23户58人,2016年脱贫146户313人,2017年全村20户33人全部脱贫,人均年收入达到4200元……这一串串真实的数字,记录着骆驼湾村在脱贫之路上印下的足迹。

现在村里的土地流转金成了当地老百姓稳定的收入来源之一,截至目前,骆驼湾村已完成土地流转700亩,用于种植高山苹果、核桃、中药材等经济作物。果树挂果前,承包公司给村民每年每亩地补助1000元,挂果后,村民还能获得纯收入的五成分红。

这种以"公司+农户"的形式,是一条发展农村水果种植业的好路子。因为在平时,村民还可以到果园里套袋、施肥、锄草、采摘等打工挣钱。

在谈到骆驼湾村下一步发展时,曹建平说:"村里经济的下一步发展,将依托骆驼湾村66.4%的森林覆盖率、秀美的自然风光、丰富的水利资源、毗邻天生桥景区等优势,引导村民开办农家乐和民宿产业。为此,县旅游局已确定给予每户农家乐3万元的资金支持,并联系了保定一家厨师技校,免费为村民提供技术培训。"

众所周知,传统的种植方式和结构,实际效益低下,仍难让村民多增加收入。为了破解这道难题,骆驼湾村引进了农业龙头企业，土地流转后，主要的短平快项目是：在200亩平整好的土地上，搭建75个蘑菇种植大棚。食用菌种植已成为阜平县脱贫攻坚的重点帮扶产业之一。曹建平同志对我们说："总书记当年的嘱托，点燃了干部群众脱贫攻坚的烈火和热情，按照习总书记的指示要求，干部群众一条心撸起袖子加油干。通过政策、产业扶贫，以及各级政府和社会各界的帮助，骆驼湾的明天会更加美好。我作为龙泉关镇选派下去的一名包村干部，虽然一年多的工作时间并不算长，但是，在我的人生道路上也是一段值得回忆和感觉光荣的时光。因为，作为一名基层党员干部，在这场脱贫攻坚战斗中，我做出了自己应有的努力和贡献。"

曹建平生动的讲述，让我看到了在这场举世瞩目的精准脱贫攻坚战中，一名普通乡镇包村扶贫干部的突出贡献和闪光的风采。

家门口有产业，心里才踏实

（一）

2018年5月初，骆驼湾村开张营业的第三家超市名叫"广阔便民超市"，老板任二红今年42岁，2000年从部队复员后，他远去北京打拼，从做散热器材的销售、安装和售后服务开始经商，在竞争激烈的散热器材市场上闯出了一条活路，经过多年经验、资金、人脉的积累，以及对信誉的经营和市场的拓展，他已经从身无分文的打工仔，摇身一变成了有门店有雇员的小老板。2007年，任二红在北京结婚，老婆是一位在北京一家大商场工作的山东姑娘。多年大城市生活的历练，使任二红已经习惯了城市工作的快节奏和现代化的生活娱乐方式。

2013年，他参加了骆驼湾脱贫攻坚战的"群英会"，然后准备回村来创业，但因为北京门店的生意一时脱不开手，加上当时在村里也没找到合适的发展项目，一直等到2016年5月，任二红得知村里有了发展旅游业、鼓励村民开办农家乐的优惠政策，他下决心马上关掉了北京经营不错的门店，让媳妇先留在北京工作，他独自一人回骆驼湾发展。

任二红这种壮士断腕的勇气和胆识，在骆驼湾外出打工的年轻人中，起到了好的示范和引领效应。任二红在我们采访中诚实地说："给钱不如立业，在家门口有了产业，我们这些外出打工回来的人心里才能踏实，这样将来在村里发展才会有希望。"

近几年来，骆驼湾村根据习总书记"宜农则农、宜林则林、宜牧则牧、宜开发生态旅游则搞生态旅游，真正把自身比较优势发挥好，使贫困地区的发展扎实建立在自身有利条件的基础之上"的发展思路，积极培植乡村旅游产业及食用菌和高山苹果种植。扎实可靠的产业，才是农民脱贫致富奔小康的根本保障。

骆驼湾村东邻阜平天生桥风景区，西邻佛教圣地五台山，村外的辽道背原始次生林具有非常大的旅游开发价值。开发旅游业、兴办农家乐是当地村民的一条可行的脱贫出路。现在骆驼湾村已经有12户农家乐开了业，另外几户农家乐的硬件改造提升已基本完成，很快就能投入使用了。

当年回村创业时，任二红就看准了骆驼湾村的商机，他认为：骆驼湾村风景秀美，有山有水，夏天正午时，最高气温也不超过30℃，是一个天然的避暑胜地，冬天雪景优美，山泉形成的冰瀑能保持到来年3月。加上离保定、石家庄、北京、雄安新区、天津等大城市不远，村子有着巨大的旅游潜力。

任二红接着给我介绍说："我家就在'一号院'（习总书记访贫到过的唐荣斌家的院子，被称为'一号院'）旁边，紧邻着马路，地理位置好，很适合办农家乐。"2016年，在骆驼湾旧房改造提升战斗刚打响第一炮时，任二红以身作则，率先站起来响应村党支部和驻村工作队的号召,以一个共产党员和复员退伍军人的名义,在拆迁旧房协议上签下了名字。紧接着他在上级党委、政府的帮助下获得了20多万元贴息贷款,很快就建成了一座古色古香的"六号院客栈"农家院,可供15个客人食宿。任二红的农家院开张大吉,让村民们争先恐后利用起自家房屋的优势资源,相继在村里办起了多家颇具各自经营特色的农家乐,骆驼湾的农家乐接待游客的规模一天比一天壮大了起来,饭菜的色香味和服务质量也一步步得到了提升。村民们在农家乐的经营上,从做什么饭菜游客就吃什么,转变为游客喜欢吃什么口味的,就做什么特色的饭菜;从刚开始的上门等客,到现在的服务围着游客满意转。村子也从习惯随手扔垃圾的脏、乱、差村街,变成了整洁、干净和文明的新骆驼湾村。

2018年旅游旺季到来时,任二红在骆驼湾人气最旺的地方,开了一家以经营蜂蜜、大枣、枣酒、红豆、小米、粉条等地方土特产为主的"广阔便民超市",他这家超市除了传统的进店购物,还开通了网上销售平台,方便与满足了外地喜欢食用原生态产品的顾客需求,现在正进一步拓展国内销售市场。

任二红还告诉我说:"市场需要培育,天上是不会掉馅饼的,做任何一件事情,都需要一个艰苦创业的过程。在家门口创业,有很多便利条件和优惠扶持政策。这两年,硬件建设刚刚完成,各项服务还需要进一步的完善提高,闯过了这一段收入比在北京经少的发展期,再过两年,随着骆驼湾村旅游事业的发展壮大,我们村的农家乐和几家超市的生意会一天比一天红火起来,我作为骆驼湾村青年中回村创业比较早的带头人，心里有着必胜的信心，眼前已经看到了希望。我们骆驼湾的人，在困难面前，永远不悲观、不绝望、不伤感、不疲软，在成绩面前不守成、不满足。借'精准扶贫'的有利战机和'建设美丽乡村'的东风，咱骆驼湾人要活就得活出个人样来！"

在任二红身上，我们欣喜地看到：传统的从土里刨食吃的老一代农民，那种每年弄个仨瓜俩枣的撑不死也饿不着，当个认命的"穷自在王"（指那种不思上进的、自我满足的人）的懒散旧思想，在年轻人身上已经不见了。

在这场精准扶贫战斗中，骆驼湾新一代的年轻人，已经深刻认识到了：一个人若永远企望别人的援助、别人的恩赐，那么他永远也做不成大事。即使一时做成了一件事，也早晚要碰壁、要栽跟头、要塌秧子的。"市场像一只无形的大手"，随时会"拿捏"人的，用当地老百姓的话说，脱贫致富，是靠自己双手干出来的，卖油郎不卖油，光敲梆子耍嘴（指喊口号、说空话）可不行呀。参天高的大树，也是一枝一叶长起来的。

骆驼湾年轻人拼搏意识的觉醒，在脱贫致富的道路上，必将激发出无穷的内生动力，必将创造出更多亮眼的业绩。

（二）

我在采访中还认识了骆驼湾村村委会委员任计军。陪着我采访的曹建平介绍说："任计军今年41岁，1999年初中毕业后进城打工，2003年与本村的打工妹陈惠英结婚，儿子今年15岁，在县城读书，他家现在已经搬进宽敞明亮的新民居里生活了。"

任计军个子不高,面色黝黑,戴一副近视眼镜,穿着朴素,为人诚实厚道,负责村里的水电安装工作。

当年在外打工时,任计军干的就是水电安装工程,他爱人的工作是在居民小区里看监控,为了节省开支,夫妻俩虽然在一个城市工作,因为居住条件的限制,夫妻二人也基本上是常年分居。他和一起打工的伙计几个人合租了间地下室,一间屋里放七八张高低床,这里住的都是些外地来打工的单身汉。

前几年,为了照顾年迈多病的母亲,他的妻子先从城里辞了工,回村里和老人一起生活。

2012年冬天,习近平总书记到骆驼湾村慰问访贫之后。他的爱人多次打电话催促他说:"总书记都来咱们村了,你还不回来?今后的骆驼湾发展有希望了,快点回来创业吧。"

在妻子和家人的殷切呼唤下,他忍痛放弃了在城里承包的水电小工程。任计军心里充满了回乡创业的信心,在骆驼湾脱贫攻坚战斗中,他更是清楚地意识到骆驼湾真的要改变旧的模样了,再也不是往日民谣里唱的:

有女不嫁骆驼湾,

道儿远,沟儿深,

石头渣,硌脚心。

吃的是玉米面,

喝的是苦菜汤。

路边老菅草,

迈步扎裤裆。

以前的骆驼湾村是山高路不通,沟深坡又陡。年轻人外出去打工,村里留守的是老弱病残,真的是脱贫致富难如登天。那时候,他还记得春天种下一葫芦瓢的种,到秋季半瓢都打不到。

现在的年轻人外出打工,在于摆脱贫困生活,获得尊严和幸福。但是,在外闯荡了十几年的任计军也心知肚明:无论城里还是山外,凡能脱贫致富的普通人,无一不是脚踏实地,依靠双手去艰苦劳动,才会获得真正的幸福。

在外闯荡了十几年,有胆识和眼光的任计军,从北京回到骆驼湾村也不甘心再过贫穷的苦日子。俗话说:世上无难事,只怕有心人。任计军和好伙伴唐俊峰、陈拥军3个人,经过市场考察和政策咨询,决定利用骆驼湾山谷里的天然牧草资源发展养殖业。

年轻人办事爽快,一拍板就动真格地做事,3个合伙人集资了30万元(其中20万元属于无息贷款)。资金到了位,他们立马就找来了施工队。一座占地8亩、拥有34头母牛的小型养牛场,很快就在骆驼湾的山谷里建立起来了。

任计军告诉我说:"养牛这行业,看起来简单,听行家说起来也不难。其实,这养牛行当里的道道和学问多着哩。防疫治病先别说,就水土不服这一关也挺难闯的。当初,咱养牛场的母牛,都是从山东梁山地区买回来的,人家那边气温高,牛已经习惯了用饲料圈养;咱这边上山放养成本比较低,因此,在放养母牛的过程中,首先遇到的问题是山里好山好水好牧草,敞亮的好环境,但是,刚买回来的这批'外来牛',由于水土和自然环境的改变，对骆驼湾的水土出现了不适应症状。虽然，经咱本地的兽医救治，可惜还是有5头种牛，在不到一年的放养时间里就死掉了。"

任计军目光坚定地说："我们伙伴三个，在失败中寻找教训，及时总结经验，咱不能门边跌倒赖门神，灶边跌倒怨灶君吧？还得挺直了腰杆接着把养牛场办下去，才能创造出效益。一年以后，俺养的种牛已经开始慢慢地适应了这山里的环境，种牛开始上膘变得水灵了，怀孕早的牛已先后产下8头壮实可爱的小牛犊，另有20多头种母牛也都怀上了小牛，咱办的这种牛场，眼看着一天比一天兴旺了起来。"

我兴奋地问他："你们的创业跨过了这道坎，就这样成功了吗？"

任计军轻轻摇了摇头说："我们的种牛场，已经闯过了水土、环境适应这道要命的关口，在防疫和管理上我们也取得了一定的管理经验。我们几个伙计，经这两年多的创业努力，眼看着就能见着回报有可观的效益了。唉！就在这个时间点上，突然，上级宣布设立'银河山自然保护区'，骆驼湾的整个的山水树木，一纸红头文件下来，全部划进了自然保护区，按照自然保护法的要求，羊不能上坡，牛不能出栏，鸡不能出笼……"

任计军他们办的这家养牛场，如三伏天的高粱，在节节往上升的关键点上，遇到了"银河山自然保护区"一系列保护法的出台。这伙计几个一合计，圈养种牛对骆驼湾这样的偏远山区来说，运输饲草的成本太高了，再说这自然保护区规划后，不让村民上山放牛,群众养牛这条致富门路算给堵死了,将来的牛犊销售市场也就没有了,再办下去也是死路一条。这几个创业者反复权衡利弊,还是从大局出发,快刀斩乱麻,把养牛场停办了。任计军继续说:"在商场上,不能挣钱及时止损也不失为一种聪明的选择,咱作为土生土长的人,为了骆驼湾的长远发展,保护环境是第一位的,这个道理谁心里都明白,我们伙计几个经过协商,还是决定关掉养牛场,在发展经济上另谋出路。"

老百姓常说:养个鸡,落个蛋;烧点柴,图个炭。任计军颇感慨地说:"那两年的养牛创业经历,虽然俺几家子人白忙活了半天,最后也没有赚到什么钱,但是,我们也无怨无悔。俗语说,要过河,先搭桥。干什么事都会有意外的风险,我相信天无绝人之路,只要站直了别趴下,勇敢地往前走,总能找到一条可行的脱贫致富之路。"

任计军继续说:"咱们村的党支部副书记唐晓明刚回到村里的时候,一时也没找到创业的好项目,他一边在村里打零工,平整土地修石坝,在建房工地做小工,什么脏活累活都干过,通过打零工挣钱养着家,一边琢磨着寻找致富的门路。"

任计军眼神一亮,接着兴奋地说:"从越来越多的来骆驼湾村观光的游客中,唐晓明看到了创办农家乐的商机。今年他投资5万元,充分利用自家的3间新民居,由妻子和母亲掌勺下厨,创办了一家有乡土特色的'晓明农家乐',饭厅里可以放5张大圆桌,一次可供40多人用餐。这样守着家门口做生意,在自家庭院里干活就能把钱挣了,唐家这婆媳二人,望着游客盈门的红火生意,手里忙着,脸上和心里乐开了花。"

骆驼湾村党支部副书记唐晓明

近几年,在骆驼湾美丽乡村建设的热潮中,任计军充分利用自己的一技之长,重操旧业,在返乡创业的年轻人中发挥了重要的带头作用,他率领的水电安装工程小分队,以高标准、严要求、进度快受到群众的称赞。

今年,在骆驼湾村村委会换届选举中,任计军还被选进了村委的领导班子。从城里打工到回村创业,经过几年的打拼,在这场脱贫攻坚战斗中,任计军、唐晓明和很多年轻人一样,都找到了自己发挥一技之长的舞台。从水电安装、种植蘑菇到做农家乐酒店的厨师,或进行建筑工程施工等,很多岗位都闪耀着骆驼湾村年轻人改变落后面貌、勇于奋斗的身影。

(三)

在我采访的骆驼湾村的众多人物里,韩守忠是比较特殊的一位，他从来没有外出打过工，属于典型的本本分分、原生态的山里人，今年58岁，2018年8月，他当选为骆驼湾村党支部书记。

韩守忠个子不高，瘦长的国字脸上留着一圈络腮胡须，说话声音平缓低调，他那双明亮的眼睛，闪动着聪明又善良的光芒。那天，我们从骆驼湾村村委会办公楼上走下来，天空飘起了牛毛细雨，韩守忠在前边领着路，我们一行人沿着骆驼湾村街的斜坡路，紧随在韩守忠身后，往斜上坡方向的村中走去。

骆驼湾村依山傍溪而建，村后有一条400米长的顺着山势修建的柏油路，村外有一条500米长的外环村路，前后两条村路由低向高围成了一个"椅子圈"，骆驼湾村人现在居住的是颇有太行山特色的经典民居：起脊（指人字形屋顶，中间高两边低的结构）扣瓦黄泥墙（传统黄泥已经换成现代建筑材料），屋前带着农家小院。村街两边放眼望去，是一处处横看成排、竖看错落有致的传统结构的新民居，远处的山根前是几栋灰色的二层居民小楼，从村前的大道上往上看，有一种步步登高眼界宽、无限风光在险峰的视觉美。站到村街里的至高点上，再回过头来往下看，村子西边是骆驼湾通往山外的大道，西边远处的青峰山与大道之间有一条溪谷，清亮的溪水冲击着已经没了棱角的五彩河石，发出哗啦啦的声响。坐落在两山之间的"椅子圈"里的新骆驼湾村，显得古典大气，让人觉得新奇厚朴而又带着几分神秘的传统色彩。

骆驼湾村的"幸福院"，在一所临街的大院子里，村里十几位孤寡老人，正在这里安享晚年，有一位中年女服务员，负责做饭和清理卫生以及照管这些老年人的生活。从这十几个在彩色廊檐下喝茶、下棋和闲聊天的老年人露出的笑脸上，我们知道，不用再问他们什么，你就能感觉到村里的老年人在这里的生活既舒适又幸福。

韩守忠顺路领我进来参观一下，他介绍说："骆驼湾小学也在这个院里，学校里有一名教师，五名学生。其中三名学生是幼儿园里的小儿童，另外两名则是一名一年级、一名二年级的小学生。老师要分着班给学生上课。村里多数的适龄入学儿童，有的随父母在打工的城市就读，有的被送到龙泉关镇上的寄宿小学，所以村里的小学师生数量比较少。现在的年轻父母，都特别看重教学质量，谁也不愿让自己的孩子输在起跑线上，不能跟我们这辈人一样，因为没有文化，再去吃累受穷了。"

从农村适龄儿童就近入学数量少这种普遍的现象中可以看出来，城乡教育资源的严重不均衡，使得城镇学校对农村儿童的磁吸效应已非常明显，这样就会造成更多的有条件的农村孩子，涌入城镇里好的学校去读书。为了孩子的前途和学习方便，又迫使村里的年轻人大量外出打工，在城镇里买房生活，农村的年轻人和孩子一代又一代，如流水般，能走的都走了。这样的潮流会让传统的乡村慢慢走入凝固的历史，城乡的发展不均衡会产生社会的不稳定因素。因此，我们党中央认识到乡村振兴、精准扶贫，是关系到中华民族伟大复兴、城乡共同繁荣的兴国良策。党和各级政府的关怀，实施对乡村建设的优惠政策，确实是一项利民利国的重大战略。

韩守忠在路上边走边介绍说:"我家已经脱贫了,我女儿师范毕业,在阜平县工作,儿子大学毕业,在咱天生桥旅游公司里上班,两个孩子都已经结婚成家。2017年我家就摘掉了'贫困户'帽子,我还和儿子一起,合资建设了270平方米的新民居,一共有2处院子8间房,在村南院的3间房里,我家办了一个能吃饭住宿的农家乐,为游客提供接待服务;我和老伴在村里大戏台对面的这处自家的房子里,也开了一家卖日用品的小超市。我这一辈子没外出打过工,过去日子过得挺难的,做梦都不敢想如今还能在家门口,足不出户也挣到钱了,如果没有党的精准扶贫政策,就没有今天咱骆驼湾人的幸福生活。"

我俩顺着村前的上坡道,步行了大约15分钟,向左前方顺着街道斜着走转了个慢弯儿,从几排新民居前走过,眼前顿时感觉视野豁亮宽敞了起来。来到村里的小广场上,一座高大漂亮的戏台,突然闯进了我们的视线,大戏台前是一片有两个篮球场大小的广场,供村民们逢年过节看戏、过庙会和开展各种民间娱乐活动。平常,村里的老年街舞队员们晚上在这里搞活动锻炼身体。

在村里大戏台对面,"守忠超市"的牌子挂在他家的门楣上,挺醒目的,我跟着韩守忠拾级而上,走进这间有两排货架子的农村小超市,货架子上摆满了烟酒糖茶、方便面和各种包装的儿童食品,还有就是油、盐、酱、醋等日杂用品。这间超市面积不大,但是村民常用的东西都不缺少。我在"守忠超市"里的一张长条桌桌边坐下来,韩守忠给我沏了一壶清茶,我俩就在他家超市里闲聊了起来。

这时候,窗外的秋雨越下越紧了,来超市买东西的顾客不多,此时,这间临街的超市倒也挺清静的。

韩守忠告诉我说,他父亲兄弟两人,他这一辈兄妹三人,他是家里的独子。1984年,他娶了姨家的小妹张秀花。当时,两姨家儿女成婚,在山区农村很流行。韩守忠从小就喜欢这位性格开朗、长得漂亮又善良的小表妹,结婚20多年来,夫妻二人从没红过脸也没吵过嘴,韩守忠在生活里处处都宠爱着做了他老婆的小表妹。张秀花逢人就爱表白说:俺是骆驼湾村最幸福的女人。

当然,幸福女人背后的男人,那肯定是一个知冷知热心疼媳妇的好男人。

当我走进"守忠超市"时,正赶上她儿子开车拉着她走亲戚去了。张秀花的娘家在阜平下关镇红草河村,距离骆驼湾25里,她属于从浅山区嫁进深山沟里的媳妇。当年,韩守忠就是因为心疼媳妇带俩孩子、种地再照顾体弱多病的父母太累了,因此就在村里留守了下来。韩守忠就像他的名字一样,这几十年,在村里守着父母尽孝,守着老婆孩子尽心尽力劳动。以前,这一家三代同居的日子,虽然过得清苦,但是苦中有欢乐也有幸福。

韩守忠家的超市后墙边上,打开了一道通往内院的边门,我们透过这道门上挂的竹帘儿,看见这是一所青砖灰瓦的三合院新房,是南北院穿堂而过的格局,颇有些江南小镇民居的味道。韩家住了几辈人的低矮老屋,早已成了历史的记忆。

当我问起骆驼湾这几年的变化时,韩守忠自豪地说:"最大的变化是修通了外出的公路。全村 260 户、580 人，主村 110 户（单指行政中心村骆驼村）都搬进了统一重建的新民居。国家还按照每平方米 1140 元的标准补助给每户村民。我家这 8 间新房，国家补贴了 15 万元，自己投资了 16 万元。现在山前村中街道相通，村外坡边都修上了平坦的大路，眼时还有些村街里的零散工程正在收尾。村里还建了 3 座观光的凉亭，2 个休闲娱乐的广场，5 个公用厕所，还有窗外这座大戏台，其他的水、电、暖配套工程都整齐全了。将来发展经济的事就是我们村党支部这一届新班子，如何谋划和带领着乡亲们全力建设美丽的骆驼湾了。骆驼湾人是有骨气和良知的，我们要用双手创造幸福的生活，给习总书记争光。"

当我们谈起今年 46 岁、2017 年 11 月刚上任的村支部书记顾瑞利时，韩守忠脸上露出佩服的神色说："瑞利，可是个了不起的人，他是老支书顾荣金的大儿子，十几年前，他就外出做建筑工程，从包工队长做起，把建筑房屋和修路业务，由近到远，从周围的乡镇、县城扩展到省会石家庄，业务是越做规模越大。顾瑞利在骆驼湾村被公认为有魄力有本事、能够带领全村人致富过上好日子的年轻村支书。说实话，前几年，老书记年龄大了退下来之后，村里的两委班子，在脱贫攻坚战斗中也做了不少的工作，但与上级的要求相比，还有不小的距离，为了增强骆驼湾村党支部的战斗堡垒和先锋队的模范带头作用，2017 年底，在村党支部换届选举中，顾瑞利高票当选村党支部书记。"

近一年来，顾瑞利带领骆驼湾村党支部一班人，在驻村工作队的帮扶下,以群众利益和福祉为着眼点,实实在在为村民办好事,在新民居庭院和小街巷的整修上狠下功夫,一砖一石的铺砌都严格要求,不留死角不留缺陷,让群众满意,让游客看着漂亮。我们村党支部以全面提升村容村貌及农村文明程度为标准,在施工进度和施工质量上两手抓,两手抓得都很硬,让村民们心服口服。村里的老百姓都称赞说:这一届村支部班子正气、团结、干实事、战斗力强。

近一年来的工作成效很明显,在骆驼湾主村的西边瓦窑村外的山谷中,利用山上流下来的泉水,建起了5座相连接的养殖与观光为一体的鱼塘。因为我们创造了好的条件,经济价值比较高的冷水鱼在骆驼湾的鱼塘养殖成功了,这让村里的乡亲们特别高兴。还有就是在驻村工作队的帮助下,骆驼湾种上了2棵光伏树,一棵光伏树,每年初步估算,可为村民带来1万多元的收入。村里计划明年再种上30棵光伏树,给广大村民带来真正的实惠,让骆驼湾的明天变得更加美丽。

骆驼湾村乡亲们的日子,真是芝麻开花节节高,从2012年的人均收入950元开始起跳,人均收入逐年增加。

2013年人均收入2130元。

2014年人均收入2680元。

2015年人均收入3120元。

2016年人均收入4200元。

2017年人均收入4900元。

2018年人均收入达到5200元。

从这一连串跳动的数字中，我看到昔日贫困的骆驼湾，如今，已变成了山清水秀风光好、黄墙灰瓦入画来、山村有哥不愁嫂、幸福大道宽又广、石板小巷韵味长、安居乐业奔小康、生活美好感谢党的新农村。

"发展一种产业，学会一项技能，脱贫一个家庭！"骆驼湾村新民居墙上的这一条醒目的标语，给我留下了深刻的印象，它真实地反映了骆驼湾人努力脱贫致富的心声。经过5年的艰苦奋战，在中央到省、市、县各级领导的亲切关怀下，在历届驻村工作队的帮扶和各项优惠政策的助推下，骆驼湾村在2017年摘掉了贫困的帽子。如今，昂扬奋进的骆驼湾人，迎着新时代的曙光，迈着坚定的步伐，笃定前行，在中华民族伟大复兴的征程上，在美丽乡村建设中，正以崭新的精神面貌展现在世人面前。

第三章

美丽乡村　>>

为百姓共同富裕搭金桥

2012年12月30日，中共中央总书记习近平，在骆驼湾村向全国发出了脱贫攻坚的进军令！河北省委、省政府选派精锐的扶贫工作队分赴全省各个贫困地区参战，在交通不便、自然环境恶劣的偏远贫困农村，一场举世瞩目的没有硝烟的精准扶贫攻坚战打响了。

阜平县龙泉关镇骆驼湾村先后由省委办公厅、阜平县司法局、省住建厅、省农业厅分别派出工作队，全面开展精准扶贫攻坚工作。在各级党委、政府的支持和帮助下，通过产业和金融帮扶，骆驼湾的交通环境、村容村貌和群众收益得到明显改善。2017年底，骆驼湾村通过省级验收，全村整体脱贫。

在骆驼湾精准扶贫攻坚战第一阶段取得明显战果的同时，2018年，河北省委、省政府按照"稳定攻坚、资源共享、优势互补"的原则，提出今后三年的工作任务是让骆驼湾实现小康的奋斗目标。为了确保这一目标的顺利实现，驻村工作队由过去的一年时间，延长到了三年，帮扶单位省农业厅和省能源局也派出精兵强将共同组成驻村工作队（考核的责任单位是省农业厅，项目发展牵头单位是省能源局)。

阳春三月,冰消雪融,沉睡的群山仿佛被一群排成"人字形"从骆驼湾上空飞过的大雁唤醒了。大地萌动,柳树枝头满眼鹅黄嫩绿,宁静的山村又迎来了一个令人振奋的春天。2018年3月9日上午,由驻村工作队长刘华格(河北省畜牧良种工作站)带队,队员黄文忠(河北省能源局装备处)和唐超男(河北省农业厅办公室)组成的三人驻村工作队,从省城风尘仆仆来到骆驼湾村,放下行囊就与上届工作队、村两委及龙泉关镇负责人进行了顺畅的工作对接。第二天,这支务实又精锐的工作队,展开了对骆驼湾村的自然禀赋和现状的摸底调查工作。

这届驻村工作队的黄文忠是省委、省政府专门选派的一名既懂经济又业务精湛的项目负责人,他肩负的责任重大,被群众视为骆驼湾村百姓共同富裕的搭桥铺路人。

黄文忠今年46岁,博士研究生学历。他给人的第一印象是目光敏锐,神情庄重,说话严肃,办事认真。据陪着我们采访的曹建平介绍,黄文忠的执行和协调能力超强,在谋划项目和引资帮扶方面,属于这支扶贫队中牵头落实的灵魂人物。

在采访中,我了解到黄文忠确实是一位对贫困村的乡亲们有着深厚的感情、对农村贫困根源有切身体会与特别关注的学者型干部。他起步的台阶并不高,从县城中学的一名普通教师开始奋斗,由全日制硕士研究生到拥有博士学位,他是边工作边学习,一步跨越一个新台阶走上来的。他的学术成果也颇丰,著有《数字图书馆概论》专著1本,主持承担过4项省社科基金项目,在国家级核心期刊发表论文 5 篇，省级期刊发表论文 18 篇，荣获第十三届河北省社会科学优秀成果二等奖、第八届河北省社会科学基金项目优秀成果三等奖，已进入 2013 年度河北省"三三三"人才工程第二层次专家队伍。他的履历表中透出一种笃定前行的奋斗信息。

黄文忠在接受采访时介绍说："在前期的摸底调查中，驻村工作队和村两委班子主要领导，走遍了骆驼湾所属 9 个自然村的山山水水、沟沟岔岔。现在村里的常住人口 130 户、260 人。历经 20 多天的摸底调查，我们走访摸清了骆驼湾村的基本情况，为今后村里的经济发展决策提供了真实依据。村民们集中居住在骆驼湾和瓦窑两个村庄，其他 7 个自然村（整体搬迁了）都分布在更深的大山之中，现已无人居住。骆驼湾村的总面积 3.4 万亩，其中林地占 2.2 万亩，荒山占 1.1 万亩，耕地 990 亩，森林覆盖率 64.7%，既有原始森林又有空中草原；每道山沟里常年都有泉水，水资源充沛；平均海拔 1000 米以上，全年平均气温 9.6 ℃，具备独特的旅游资源，是夏季避暑的圣地。再加上骆驼湾村紧邻军事古镇龙泉关、大清王朝多位皇帝朝拜五台山留下的御道古迹，村中有明代长城的烽火台、近代的藏兵洞及晋察冀抗日军民留下的传奇故事，以及解放战争中毛泽东、周恩来、朱德、刘少奇、聂荣臻等老一辈无产阶级革命家在这片红色土地上工作和战斗过的足迹，这些得天独厚的旅游资源，就是骆驼湾人发展经济的金山银山。"

驻村工作队员和骆驼湾村新任支部书记顾瑞利，无数次步行到辽道背、长梁沟、朱行塔、木桥等地实地勘察，对水资源、植物生长种类、野生药材生长情况、高山地区物产物种等多项自然资源做了详细记录。

骆驼湾村属华北植物区系，木本及草本植物均在百种以上，植被呈垂直分布：杨、柳、榆、槐、楸、椿、桐及各种果树和灌木（如荆条、酸枣）大多数在海拔700米以下；松树、胡枝子等在700米至1000米之间；1000米以上的有少量桦、山杨、杂木林及六道木、苔草等灌草丛分布。

其中，用材树木包括泡桐、杨树、桃树、榆树、柏树，另外还有桦、桑、绒花等树种。

经济树种有红枣、苹果、核桃、黑枣、李子和石榴等。

野生药材类有党参、苦参、黄芩、天仙子、百合花、菊花、金莲花等150多种。

花木类有牡丹、芍药、碧桃、百日红、丁香等30多种。

这里漫山遍野的灌木种类繁多，用处广泛，如荆条、河条、山榆枝条可供编织；元道、黄芦、银蜡梅的杆材宜于制作器具；榛子、醋柳、酸枣的果实可吃，也可以加工成副食品；酸枣、枸杞、山槐树可入药；洋槐、紫穗槐叶可做绿肥；山桃、山梨是优良的砧木；不少灌木还可以一物多用。

山上牧草类主要有针茅、狼尾巴、胡枝子等38种。

在骆驼湾的深山密林中常见的动物有松鼠、野兔、山羊、狍子、黄鼬、狗獾、猪獾、狐狸、刺猬、山蛇、蝙蝠等，还有凶猛的狼、豹子和野猪在山谷中出没。

在这一望无际的原始次生森林和美丽的空中草原上还栖息着为数众多的鸟类，有雄鹰、绿翅鸭、麻雀、喜鹊、野鸡、沙鸡等多种鸟类。

除了上述这几类动物外，还有两栖的青蛙、元鱼等，爬行类的蜥蜴、草蛇等。另外，青鱼、鳝鱼、泥鳅等常在山谷的溪水中被遇见。

在这次骆驼湾自然资源禀赋调查中，黄文忠和他的队友们还察看了搬空村遗留下的老旧房屋，并对汽车行进路线和徒步驴友路线及危险陡坡路段，做了实地勘查记录，为骆驼湾谋划长远旅游产业、中草药种植和特色山珍深加工产业链及打造影视基地奠定了基础。

骆驼湾村林果业目前的发展现状是：全村发展种植高山优质苹果、核桃共计400亩；2018年，苹果开始挂果，但由于果树尚处于成长期，基本上只有投入是还没有什么明显的经济收益。在经营上，村里采取了先进的"公司+农户"模式。这里的土地由阜裕公司流转村民土地搞果树种植，村民参与经营，这样村民就拥有了三个的渠道收益：

一是土地流转挣租金（水浇地每亩年均1000元，旱地每亩每年800元）。

二是参与修剪、施肥、锄草和摘果，挣薪金。

三是挂果后分股金（产生了效益，农民与经营公司各占50%）。

目前，这条道路理论上收益很可观，但是再过几年，真正实现规模效益生产后,也会受到市场供求关系、丰收或歉收及各个环节管理等多种因素制约%近期看,确实很难产出明显效益;从现实着眼看,广大村民从土地上解放了出来,可以腾出手来从事别的高附加值的工作,这是骆驼湾村土地流转后得到的剩余劳动力优势。

村里食用菌大棚的经营现状:2015年,骆驼湾村对200亩荒山进行平整改造;2016年,由政府出资搭建75个香菇大棚,农户租棚经营。经营方式则采用政府指定公司,负责统一收购香菇的方式。经过两年多的经营运转,租棚农户收益明显。2018年,有33户(89人全天候参与种植、采摘),共租赁大棚69个(6个闲置),共计上菌棒87.5万个,每个菌棒平均收益预计在4元以上,产值在350万元以上,纯收益在130万元左右(其中包含政府补贴49.3449万元)。仅此一项产业就解决了160人的就业问题,人均每月收入在2000元以上(6个月共计1.2万元)。在骆驼湾村,这确实是一个脱贫致富的好项目。驻村工作队和党支部一班人也深刻认识到,村民要奔向小康生活,仅凭着75个大棚的原始香菇生产还不够,更要在管理和产品深加工提升附加值上下真功夫。

在入户走访中,驻村工作队摸清了村里贫困户、五保户、低保户和党员队伍的基本情况。骆驼湾村下辖9个自然村。2018年,人口有277户、576人,常驻123户、260人。

贫困户情况:2014年建档立卡贫困户201户,422人;2017年底,全村整村脱贫。2018年,有贫困户4户7人,均是无劳动能力的村民；有五保户5户5人，低保户13户18人。

骆驼湾村两委班子共有6人，其中村支部3人，村委会3人；党员52名，村民代表11人。

黄文忠还告诉我说："驻村工作队的三名同志，在摸清底码的基础上，还同龙泉关镇、包村干部、村两委班子成员以及村民代表和村里的致富带头人，开展多层次多形式的座谈交流，真实全面了解和掌握村里的产业发展、村民生活现状及合理诉求等信息。"在初次的工作对接过程中，他们把发现的问题进行了详细梳理，发现骆驼湾既有贫困村普遍存在的问题，也有明显的个性问题。

第一个突出的问题是农民收入单一，提升收入的空间比较小。据有关统计资料显示：2017年，骆驼湾全村脱贫时的人均收入是4960元，收入来源主要包括打工、土地流转、低保等多项。仔细分析后发现，土地流转（人均每年1000元）和低保（每年4900元）是固定数，占比较低，应该说村民的主要收入来源是靠青壮年外出打工和在近几年美丽乡村建设中家门口的零散小活让尚有劳动能力的人员增加了一些不固定收入。

在研究外出打工人员的收入渠道时，他们看到由于外出务工一族的学历、年龄、技能、所能从事的行业都基本属于城市就业的底端行业，收入基本固定，花费支出较大，短期很难改变局面。目前，骆驼湾地处银河山自然保护区内，养殖产业发展受限，如不另谋出路，再想大幅提升村民收入，确实会遇到大困难。

第二个问题是产业结构单一，很难吸引大批年轻人回村创业。骆驼湾目前实施的民俗旅游、食用菌和林果三大支柱产业，近期还不能给村民带来可观的收入。仅以民俗旅游方面为例，从客观上看，硬件基础设施的完善、特色文化的建设、旅游市场的人气培育都需要一定的时间和资金投入；从主观上看，村民的自身素质、卫生意识、生活习惯和农村家庭条件，短时间内还很难满足城市游客的多种需求，再加上村民经营农家乐没经验，固定客源不足，因此，造成了市场前景不明朗，这也直接影响了村民创业的积极性。

我在采访的时候，黄文忠还举例介绍说："今年五一假期，村里任二红的'广阔便民超市'开业，三天时间纯利润仅300元；另一户开办农家乐饭店的老板，毛收入600元左右，纯利润也仅有200多元。节日的热闹劲过后，村里的十几家饭店又基本歇业了，家中的主要劳力又都背起行囊外出打工了。"

现在骆驼湾村的留守常驻人员多数是老年人，青壮劳动力较少，儿童也极少。60~65岁的留守男人在村里是干累活的"年轻人"和主力军，留守妇女也多在60岁以上。

黄文忠和他的队友，在走访调研的基础上，摸清了骆驼湾村的人员和产业底码、自然禀赋及群众强烈诉求，直面现实中制约产业发展和村民增收的实际问题，按照阜平县委、县政府的统一规划蓝图，落实习近平总书记"绿水青山就是金山银山"的发展理念。经过科学的分析和精准超前的谋划，黄文忠起草了《骆驼湾村产业发展思路》的报告，获得了上级领导的赏识和肯定。在这份产业发展报告中,他明确提出了"打造"生态长城岭、文化龙泉关、旅游骆驼湾的大格局、新思路,并制定出了"以旅游发展为龙头,特色养殖和光伏项目统筹推进的发展经济新思路"。

这一届驻村工作队的主要任务是:带领骆驼湾广大群众致富奔小康。他们深刻认识到骆驼湾村在三年内要实现可持续发展的目标,一年就要迈出一大步,才能实现村民收入大幅增长的愿望。要实现这个美好愿望,首先要发展科技含量高和见效快的绿色项目。

黄文忠和他的队友们,在近一年来的精准扶贫工作中,参考分析了外地区的成功经验和失败教训。他告诉我说:"一个驻村工作队,无论你给这个村创办多少家企业,引进多少个项目,但是,最终的结果,只能覆盖一部分贫困户。"黄文忠清醒地认识到:只有发展壮大村集体经济,才能从根本上解决普通群众的增收问题,实现致富奔小康全覆盖和区域经济的永续健康发展。

在采访中有一个谜团一直吸引着我去探访——黄文忠这样一位有博士研究生学历的在省直机关工作的处级干部,为什么会对贫困农村的感情和了解这样深厚呢?在市场经济的大背景下,他为什么对农村集体经济发展仍然这样执着又充满必胜的信心呢?

我认真地问他:"你认为人生最可贵的是什么?"黄文忠稍一思考说:"人生最可贵的是对生活的正确认识,一个人要是没有一个正确的认识,要是没有那股子顽强的意志和坚韧的毅力,做任何事情肯定是坚持不下去的,更别说做出成绩了。"

在接下来的采访中,我不仅仅听到了一个感人落泪的"博士娶了个村里好姑娘"的爱情故事，还探寻到了黄文忠对贫困农村的厚爱和对农民满腔真诚的动力源。

黄文忠出生在河北省获鹿县（现改鹿泉区）一个贫穷的小山村，姐弟五人，他是在半失明的老母亲40岁时，因意外怀孕而又无钱做人工流产才生下的，他家在村里属于典型的"外甥比舅舅大"的特殊家庭。他自我幽默地说："其实，我属于不该出生的人。当时，哥哥已结婚分家另立门户，三个姐姐也已嫁人生子，他们各自的生活都紧巴巴的自顾不暇，年老的父亲和早已双目视线极微弱的母亲，拉扯着我跟头跟跄（方言，指生活坎坷）地过日子，我会走路稍微明白事的时候，就成了母亲生活的拐棍，挑水、推碾子磨面、到地里背东西，母亲走到哪，哪就有我的身影。因此，我从小就对农民的穷苦生活有切身的体会，留下了不可磨灭的印象。我现在有工作能力了，帮助他们摆脱贫困是我义不容辞的使命和责任。"

在黄家的五姐弟中，黄文忠是唯一一个通过读书走出深山沟改变了命运的人，他还是村里的第一个博士研究生。如今，已经91岁双目失明的老母亲，和他在省城生活，正安度晚年。

当我问到他这几十年来对他的生活影响最深的一件事是什么时，黄文忠眼含着泪水，深情地回忆说："在1990年7月后，当年的高考结束了，我也不知道自己考了多少分。当时，忧虑家庭困难，如果考不上师范大学我就回家种地（因为别的大学国家不资助学费，即便考上也没钱上），帮着老父亲挑起生活的重担子。那天上午，我正在菜园里刨地，准备种大白菜。突然，听到地边上有人喊我的名字。抬头一看，小王同学骑自行车过来对我说：'文忠，赵老师说明天中午要咱几个去县城吃饭，让我下通知，务必全到，不准缺席。'"

这位赵昌顺老师，是一名令人尊敬的自学成才的中学民办教师，他本人工资比较低，当时也没有奖金一说，还自己掏钱请学生吃饭，挺让人感动的，那顿饭现在看来花钱不多，但是，这件事让黄文忠感激了他一辈子，因为在这次饭局上，他认识了一生相爱的人张合利。

黄文忠深情地回忆说："我和她在学校里并没有什么交际。那天，被赵老师请来县城吃饭的有七八个同学，张合利和我隔着一位男同学坐在一张圆桌周围。吃饭中间，这位男同学因家里有事中途退场了，因此，我和她就挨着坐近了。为了活跃一下氛围，赵老师提议每个人表演个拿手的节目。长得漂亮，身条曼妙又大方的张合利，一甩齐耳的短发，主动站起来清唱了一段流行的京剧《沙家浜》，她把机智动人的阿庆嫂给演活了，那一句韵味十足的唱腔儿，那一个情动心灵的眼神，那一个动作优美的甩水袖动作，让我看得如痴如醉，真没想到我们同学中还有这么个多才多艺的美女。"

黄文忠当时的心情可以说是超常的紧张，他有感而发唱了一首《让我再看你一眼》，中间几次卡壳、跑调，她不仅没嘲笑，还在一边不断地鼓励说："黄哥，别紧张，往下唱吧，做什么事都得有一个开始，唱歌也一样，今后，你好好练，就肯定能唱好的。"

这天的饭局结束后,黄文忠主动约她去爬山。让他意想不到的是,姑娘竟然爽快地答应了。

黄文忠接着讲述说:"我赶紧去一家临街的小卖部,掏出兜里仅有的两块钱,买回来一瓶山里红罐头送给她吃。我们在离她家比较近的挂云山路上,边走边聊。她说:黄哥,你不爱好体育,可能对我印象不深,但是,我认识你,高二那年期中考试,你考了全校同年级化学第一的好成绩,你的照片还贴在学校的宣传栏橱窗里……她这一说我心里还挺高兴的,一个貌不出众的穷小子,被学校班级里的校花记住了名字,这该是多么荣幸的事啊。"

在爬山的小路上,她不小心被酸枣树枝划破了手,黄文忠赶紧掏出纸,给她按压止住了血。真是天生若有情缘,这相识相爱的机会便随处可见。他第一次大着胆子,牵起了她的手。

当时,在还没有得到高考录取分数线的情况下,黄文忠又厚着脸皮打电话约她来县城看电影,在进电影剧场时,他又特意花4元钱给她买了一罐杏仁露。这么贵重的饮料,黄文忠没想到她喝了一口就不喝了,这事让他心里挺生气的,自己都不舍得喝,她怎么还不肯喝呢?这贵重东西不就白白浪费了吗?黄文忠挺生气地质问她:"你为什么不喝了?"听了他的质问她也没翻脸,还平静地说:"你不喝一口尝尝?"他拿起来也喝了一口杏仁露,哎呀,那股子邪性味太浓,真的挺难喝的。

这一场电影演完了,那罐难喝的杏仁露还没喝完。从这一点上,他看出张合利是一个诚实不虚伪的人,也是个值得去追求的好姑娘。

当年的高考成绩公布后,黄文忠如愿考上了河北师范大学,从此,他一跃而跳出了农村。但是,他心爱的姑娘却落榜了。她心情沉重地对他说:"黄哥,你考上了,好好去上学吧。以后,咱俩可能就不好再联系了。"他说:"合利,你不想再去补习一年了?"她低下头说:"家里给我在县城找好了工作,让我先去当代课老师教体育,我也不想补习了,觉着没考上大学怪丢人的。"

黄文忠拉起她的手深情地说:"上了大学以后,我会给你写信的。我入学后告诉你地址,你可也得给我回信呀。"她红着脸说:"那好吧,你就安心读书,你爸爸岁数大了,你妈妈眼睛不好使,我会常去看望他们的。"

"我上大学走的时候,她也没来送我,当时,心里总有一种空落落的感觉。"

第一年放寒假回家后,母亲张着那双几近失明的眼睛,流着泪水对我说:"小张,可真是个好姑娘,在你不在家的时候,她经常来咱家,帮着你爸去地里干活……"

"大学毕业的那年秋天,学校周五提前放了一天假,我赶紧回家去帮着老父亲收割玉米。让我这一辈子都忘不了的一幕是:当我一脚迈进家门时,看到张合利端着半碗白米粥,正蹲在我家低矮的土墙窗口下吃哩,父母在屋里坐在桌椅上吃饭。我感觉她像一个受苦又受累的小媳妇,让人心里非常酸楚。她看到我突然出现在面前,止不住的眼泪叭叭叭地掉进饭碗里。当时,我们俩泪眼相望,半天无语。从这一天起,我就对天暗自发誓了:明年,我一毕业就跟她结婚,她是我今生永远不离不弃的爱人!"

我采访黄文忠时,正巧遇上来骆驼湾探望老公的张合利,就趁机和她聊了起来。她告诉我说:"上中学时,我是体育特长生,当时,一米六五的细高个儿,体重才40公斤,在田径赛场上,跑起来犹如一道'闪电',特别吸引人的眼球。"

张合利和黄文忠是1994年结婚的,当年,家里没有钱,张合利和他利用寒假的时间,在县城的街头和集市上摆地摊卖过年画和丝巾,挣够了钱才买回来两件简单的家具,在他家的老房子里结的婚。

张合利实实在在地说:"我俩谈恋爱时,俺家里人开始都不同意,因为我家是平原,离省城很近,经济条件比较好,我上边俩哥哥,家里就我一个女孩儿,都特别宠我的。奶奶主要是嫌他家穷又住在深山里,再说他长得个不高,人也不帅气,图他个啥呢?因为看着我愿意,家里人后来就不说什么了。"

当时他俩还没结婚,她就瞒着家里人去帮他父母干农活,什么收玉米、锄地、洗衣服啦,还有冬天摊煤饼子什么的,反正他家里有什么活,她就帮着干什么活。一个还没过门的大姑娘,就帮着男友家里干活,在村里也挺招人闲话的。他们结婚前,文忠告诉她说:"咱结婚后,可不能分家,因为父亲老了,母亲眼睛看不见了,我得管着他们的生活,你同意吗?"张合利爽快地说:"谁家父母都有老的时候,村里养儿育女就是为了养老送终。当时,他这样问我时,我连想都没想就答应了他。结婚20多年来,我和公婆关系处得非常好,他们感觉我比亲闺女支使着还贴心。"

前几年,她爸爸被车撞得断了两根肋骨,当天就住进了医院,在身边刚伺候了两天,突然接到文忠的电话,他着急地说:"咱爹查出了肺癌,刚住进了省医院,单位有急事要处理,你快过来照顾咱爹。"

她的两个嫂子非常明事理又很孝顺,二嫂赶紧说:"小利,你先回去照顾你公公吧,这边有我们呢。"她含泪离开了正准备做手术的爸爸。因为文忠工作忙,有时候也顾不上家。她就领着公公,四处求医问药,在病床上给公公端水、喂饭、擦屎接尿什么的。她说:"我是村里长大的,也不怕脏不嫌累,因为,这也是一个儿媳妇应尽的责任,没什么值得说的。5个月后,老公公走了。从此,我们就把已经失明的婆婆接到市里来住。结婚24年来,我把照顾90岁的老婆婆和自己的儿女,当成了最值得骄傲的事情。我几乎是每天都要拍婆婆吃饭的视频发给老公,不是证明我孝顺,向他表功,而是为了让老公不分心牵挂老人,让他全身心地投入到工作中。因为,我在家里替老公尽孝,他才能把工作做得更好,为国尽忠是咱中国好男人的本色。"

我想赞扬她几句,可一时感动得竟话不知从哪儿说起。我一介文人的口头表扬,对她这样一个尽心尽责的贤妻良母,又有什么实际价值呢?我想,张合利这样一位对公婆孝顺,对家庭做出了极大奉献的普通农村女性,确实很值得我们学习和社会的表彰。

我一边听着她讲述一边想:虽然,她没有做出什么惊天动地的伟大壮举,也许这些日常生活中的内容是细小琐碎的,而我却从中感受到了她高尚的情操和伟大的人格力量。她这种为公婆的幸福而不惜牺牲自我的精神，不仅仅感动了自己的老公，在今天的社会中她也堪称传承孝道、相夫教子的楷模。

黄文忠背后这个平凡又伟大的女人，在默默无闻地贡献着，这对于骆驼湾的精准扶贫工作也是一种巨大的支持啊。

骆驼湾驻村工作队和村两委一班人，既想留住和吸引更多的外出打工青年回村创业，又想在近期内给村民增加稳定的收入，并且还将维持村两委办公楼、幸福院取暖及水电费用，村里日常清理卫生费用，给幸福院做饭师傅的工资等多项开支。如果村集体再没有通过造血功能增加经济来源，骆驼湾各项工作的顺利推进将会受到重大影响。

黄文忠和他的队友们面对严峻的经济发展形势，通过走访调研，实地勘察骆驼湾村的自然资源禀赋，连续向省能源局刘亚洪局长递交了骆驼湾村发展现状、骆驼湾村自然资源禀赋情况、骆驼湾村发展思路等三份情况报告，刘亚洪做出重要批示，并于2018年4月11日带领能源局领导和综合处、新能源处、电力处主要负责同志到骆驼湾实地调研、考察，对骆驼湾的发展提出了开拓性的发展思路。黄文忠和他的队友们，马不停蹄，4月26日上午，主持召开了骆驼湾村两委班子重大会议，并邀请11名村民代表参会。会上，黄文忠把酝酿已久，准备成立村集体企业，因地制宜发展产业，优先发展那些与骆驼湾村民生活休戚相关的各项大事，直白地告诉了大家。他主张要把生活做成旅游、把产业做成生活，把挣得的每一分钱都惠及村民，充分激发出村民参与创业的激情。他的话引起参会人员的高度反响,大家畅所欲言,充分表达了自己的意见。在黄文忠的倡议下,会议决定利用省能源局联系到的 50 万元帮扶企业的捐赠资金,当作启动资本金,成立阜平县骆驼湾实业发展有限公司(村集体全资公司),由这家村集体公司牵头发展产业项目,发挥母鸡带小鸡的引领孵化作用,这样骆驼湾村就有了对外发展合作的平台。

在黄文忠和村党支部一班人的引领下,经过充分的酝酿研究和项目市场前景分析,他们确定了创办村集体企业的目标:只要回村里生活的每一个村民,无论男女,老年或青壮年,只要有劳动能力、有劳动意愿的,村集体企业均给其提供一份适合本人体能与技能的劳动就业岗位。

在创办村集体企业之初,为了克服计划经济时期集体企业"人浮于事、吃大锅饭、出工不出力"的弊端,公司把所有权与经营权分开,每发展一个新的项目板块,就引进优质的新投资公司,让这个投资公司控股,再成立一个合资的子公司负责经营。村集体的"母公司"以骆驼湾村的道路、旅游房产及山、水、村、路等自然资源作为入股资本,在子公司占有一定的股份,盈利后按股份分红,经营不利产生的负债,由引进公司负全责。这样的企业结构,既能避免集体企业的弊端,又能引进先进科学的现代化竞争机制。

骆驼湾实业发展有限公司,从公司章程、架构及经营范围的谋划、起草到敲定,其中包括旅游开发方面的具体事务,如农作物、中药材、林果、食用菌种植、销售、采摘、观光,农副产品网络上销售，淡水鱼养殖及餐饮住宿服务等，还有公司董事长、总经理的推选和工商局营业执照的注册……这一大堆繁重纷杂的工作，仅仅用了9天时间，就顺利完成了。真的，在精准扶贫工作中，这种以一当十用的工作效率特别令人称奇。

黄文忠在谈到创办骆驼湾村集体企业时，难掩一脸的兴奋，激动地说："驻村工作队不怕困难，敢于探索、拓展和搭建集体经济发展的平台。只有发展壮大了集体经济，才能从'根'上解决广大群众的增收难题，让每一个骆驼湾人都能实现脱贫致富可持续发展的目标。"当谈到村集体企业的发展思路时，黄文忠两眼闪现出特别明亮的神采，他说："骆驼湾实业发展有限公司以旅游开发为龙头，特色养殖和光伏发电等项目统筹推进，长效项目和短平快项目齐头推进。有的项目当年投资当年见效，让群众快速收益，长效项目让公司能实现跨越式发展的愿景目标。"

2018年6月7日，骆驼湾村迎来了大喜的日子。骆驼湾村历史上第一家村集体企业——阜平县骆驼湾实业发展有限公司，在喜庆欢快的锣鼓和鞭炮声中，举行了隆重的开业典礼。

骆驼湾村青山吐翠，艳阳高照，到处洋溢着一派欢庆的节日气氛。

骆驼湾村党支部书记顾瑞利和驻村工作队员黄文忠在热烈的掌声中为阜平县骆驼湾实业发展有限公司揭牌。在揭牌仪式上，中铁衡水铁路电气化学校与骆驼湾村签订了"剩余劳动力再就业技能培训协议"。阜平县人大副主任、龙泉关镇党委书记刘俊亮在讲话中对骆驼湾实业发展有限公司给予了厚望，他和驻村工作队员、村两委班子成员一起站在党旗下宣誓："不忘初心，牢记使命。人民对美好生活的向往就是我们的奋斗目标。"刘俊亮在现场接受媒体记者采访时说："山高沟深骆驼湾，乱石滩里挣钱难。"群众致贫的原因，首先是资源状况差，土地比较贫瘠，水浇地少，旱地多。基础设施太差，很多地浇不了水。另外，交通条件差，信息比较闭塞。如今，这里有高速经过，但是看得到、下不来，在龙泉关这里没有高速路出口。"脱贫致富虽然很难，但是，我们有信心。"刘俊亮坚定地说。

刘俊亮稍微皱了一下眉头说："俗话说，脱贫靠政策，富民靠产业。阜平地处深山区，九山半水半分田，农村空心化、老龄化严重，适合干啥？种谷子，产量低，不值钱；养牛羊，禁放牧，怕污染；建光伏板，破坏当地景观。"

刘俊亮又满怀信心地说："老百姓靠天吃饭不行，要把靠天吃饭变成靠资源吃饭，把山水资源变成老百姓的绿色银行，实现这个目标，骆驼湾就要创建属于咱老百姓自己的企业。阜平县骆驼湾实业发展有限公司的发展就是要依托良好的自然生态和丰富的旅游资源，把美丽乡村建设、旅游产业发展与脱贫攻坚工作相结合，全力打造美丽乡村民宿旅游。"

刘俊亮和驻村工作队员、村两委班子成员向骆驼湾村的群众庄严承诺说："人民满意就是我们的干事标准。坚决打赢精准扶贫这场硬仗。"这铿锵有力的声音，在青山绿水间回荡，在村民的心坎上引起了强烈的共鸣。

艳阳满天，白云绕山，鹰击长空，今日的骆驼湾沉浸在一片欢乐的海洋里。骆驼湾实业发展有限公司揭牌仪式后，紧接着第二天（6月8日），"骆驼湾第一届旅游文化节"又闪亮登场了。

骆驼湾和周围村里的乡亲们真是手艺非凡，有剪窗花的、捏面人的、蒸花糕的、编枣篮的、做虎头鞋的、飞针走线缝的绣的、挥笔写书法的……参加各种才艺展示的，共有近百位民间艺人。还有丰富多彩的民间大秧歌、广场舞、山歌戏曲、舞龙队和高跷艺人前来助兴。同时，通过这届旅游文化节，村集体的公司成立了特色产品销售实体店，实现了"互联网+"的营销模式，老百姓直接给公司加工产品，公司销售收益归村集体所有。老百姓的老手艺变成了能挣钱的商品，这个公司搭建起的平台，直接推动了村集体经济的发展。

从城里闻讯赶来的2000多名游客，听着优美的山歌，品尝着风味独特的煎饼，观赏着满广场民间艺人的绝活，有的游客对着电视镜头笑着说："高手出在民间，好多之前的老手艺，年轻人都没看见过。"还有的称赞说："这老先生的字写得太好了，说实话真没想到哎。"

骆驼湾村党支部书记顾瑞利高兴地说："咱们举办这个旅游文化节，主要是让山外的城里人，看一看咱们骆驼湾的新面貌，看看这些珍贵的老手艺，在旅游发展事业中能够派上什么新用场，让老祖宗传下来的好手艺在咱骆驼湾再发扬光大起来，为老百姓脱贫致富添砖加瓦。"

在首届骆驼湾旅游文化节上，作为幕后的总导演和组织领导者黄文忠，还特地请来了河北旅游研究院的院长史广峰，史广峰说:"骆驼湾这个海拔高度,非常适合养生、休闲、度假,打造高端精品的民宿,从长远看前景不会错的。"

长线旅游要落地,短平快的致富项目也要进山。

黄文忠作为骆驼湾集体经济的搭桥铺路人,心里早已计划盘算着,将闲置的村里农家院,由村里的实业公司租下来,开办农家乐,让乡亲们的"冷资产"变成"热财富"。开农家乐致富的事儿,很多乡亲都从电视新闻中看到过,但是,可真到了签协议的时候,不少人心里还在敲着小鼓。村民孙振泽就当着黄文忠的面直接说:"俺家的闲房子里,一没电视,二没网线,三没设施,这一起算下来,搭在一块得花多少钱?如果拿不回来就等于白白扔钱呀。"

这开办农家乐能不能很快收回投资,乡亲们心里都没个底数。黄文忠和村两委商量后决定,由村里的实业公司先行垫付资金运作,降低乡亲们的资金压力和风险。乡亲们琢磨着,咱搞点别的经营也得有投入和担风险吧?如今,在驻村工作队的帮扶下,把自己那个闲着的院子租出去,一年就能挣两万块钱。乡亲们算明白了这个账儿,签协议的积极性就调动了起来。

黄文忠真心实意地说:"我们下乡帮扶,带产业带项目。其实,我更想带给乡亲们一种创业的精气神,让群众产生内生动力,这样才能真正实现奔小康的目标。"

骆驼湾村顾保平的爱人李素梅在节日现场被问道:"你今年能收入多少钱?"她十拿九稳地笑着说:"弄个五六万不成问题吧。"

习近平总书记曾经到访过村民唐宗秀家，在旅游节上，她回答记者提问时说："俺最大的愿望是能活个长命百岁，因为赶上了好光景！"

说起这届热闹非凡、成果丰硕的骆驼湾首届旅游文化节的成功举办，黄文忠在采访中感慨地说："精准扶贫工作，现在是真正到了巧干实干见真章的时候了，抢时间就是创效益，首届骆驼湾旅游文化节，我们组委会从谋划、组织到举办仅用了三天时间。这样的办事高效率，让民心很快聚拢了起来。我们驻村工作队就是要通过给群众谋来实在的切身利益，帮助村两委在骆驼湾把诚信树立起来，形成一股凝聚力、向心力与致富奔小康的核心驱动力。"

2018年5月8日，骆驼湾的村民们感觉眼前一亮，在村外的大公路边上，"栽植"了两棵奇特的"发财树"——光伏树。黄文忠介绍说："这两棵光伏树，是由省能源局帮助协调资金购买的。农村栽植光伏树，在河北省尚属首例，它属于国家研发的仿生型独特高技术产品，具有造型美观、占地面积小等优势。每棵树的高度5.5米，直径2米，不仅可以遮阳避雨、休闲娱乐，还能提供Wi-Fi信号，每棵树功率是10千瓦，试运行中每棵树月均发电1000~1300度，这样的光伏树能连续发电25年，每年一棵光伏树可为村集体创收近万元。"为了培育新的"造血"机能，实现村民收入可持续增长，黄文忠和他的队友们，准备利用两年时间打造一座"光伏岛"。光伏岛占地约10亩，高低错落有致地布局约30棵光伏树，地面上建设休闲娱乐设施，岛下的山泉水池里搞冷水鱼养殖，这样就会形成一个集发电、养鱼和娱乐于一体的多功能幸福岛。这座幸福岛打造成功之后，预计每年为村集体增加30万元以上的经济收入。

光伏树

在骆驼湾村栽植光伏"发财树"的同时，黄文忠在市场研究中发现，骆驼湾的山沟里矿泉水丰沛，饲草茂盛，气候凉爽，特别适合散养经济价值高、肉质鲜美的黑猪。预判市场、发现商机是一名优秀经济工作者的智慧。抢抓机遇、快速行动，才能占据天时、地利与人和，这也是发展经济的自然规律。

黄文忠在采访中介绍说："我们这届驻村工作队的作风是雷厉风行，瞄准商机，果断出手，以快制胜。为了节约开支，充分利用起深山里一个废弃的养猪场，我们发动骆驼湾村的全体党员义务劳动，经过两天的修整就圈好了一个天然养猪场。"

黄文忠和顾瑞利亲自到各村的农户家中商谈购买猪仔的数量及价格，驻村工作队和村两委干部则安排仔猪进场的前期事宜。同时，黄文忠还负责宣传以及与商家洽谈黑猪肉购销合同。

第二天，从山里农户家中收购来了70头小猪仔，集中管理，在山里规范散养。

我来骆驼湾村采访时，正值夏末秋初，山谷里溪水欢唱，山坡上的草丛中散发出迷人的中药香味，放眼望去，白云如传说中仙女身上的飘带，在傲立的白草坨峰腰上缠绕。我跟随黄文忠和刘华格队长，顺着盘山路，向着深山沟里的骆驼湾村黑猪养殖场开进去。山路的一边是长满洋槐树、酸枣树和杂草野花、绿蒿的陡坡，另一边是深不见底的山谷，只听水流声，不见山溪动。黄文忠边走边介绍说："我们的黑猪生长在人迹罕至的深山峡谷中，每天早晨五六点钟就成群结队地到山上遛弯去了，吃着山野菜、中草药，喝着山泉水，下午五六点钟再回到猪舍，吃些玉米和麸皮，黑猪每天的爬山运动时间超过了10个小时，在宁静绿色的山谷中游逛，过着神仙般的日子。"

我们终于来到了山里的猪场，前来欢迎我们的是一群膘肥体壮、耳大毛亮的猪家黑兄弟（公猪母猪都已阉割了），正不紧不慢从猪舍里走出来，一步三晃地顺着山沟往深处走去，一眨眼的工夫，这群黑猪就隐没在一块巨石后面的树丛中。

黄文忠告诉我说："这群放养的黑猪也蛮有灵性，太阳落山时，饲养员的口哨一吹响，黑猪们就会闻声而归，从山里回到猪舍休息。这里的黑猪，每天都是日出而动，日落归来，活动休息也遵守纪律。骆驼湾仅养黑猪这一项，村里就能收入十几万元，还安排了一个村民就业。明年，计划再扩大到 200 到 300 头规模，这叫一步一个脚印往前走，因为有了成功的项目，才能引领群众站起来创业。"

在返回来的路上，黄文忠用手一指山脚下的骆驼湾大酒店，很激动地说："这个大酒店是村民刚建好投入使用的，有 1200 平方米，25 个标准间，吃住条件是一流的。骆驼湾实业发展有限公司已经把酒店租赁了下来，由懂酒店管理的村支部书记顾瑞利负责酒店的运营和管理，现在已经给村里创造了 2 万多元的纯收入，属于当年租赁当年见了成效的项目。"

这几年来，骆驼湾在美丽乡村建设中，全村的民居改造，由中国城乡建设院统一规划、统一设计，中标公司统一施工建设。截至目前，已对 225 户居民进行了升级改造，其中骆驼湾村 103 户、瓦窑村 122 户，现在具备食宿条件的农家乐 12 户，还有 30 户已具备了租赁条件。村里的实业发展母公司，按一年每平方米 50 元的租金，已经跟 12 户村民签订了租赁协议。

在今后三年里，驻村工作队和村两委班子，他们的中期目标是：租赁 100 户以上农家院，实现公司规模化经营。远期的目标是：打造辽道背、木桥、菜树塔、朱行塔、杨树塔、高石堂沟和藏梁沟等自然村落，形成影视拍摄、写生、驴友探险等多功能服务基地。

这一届由黄文忠负责项目牵头创办，刘华格任队长，还有北大高材生唐超男参加的驻村工作队，从 2018 年 3 月 9 日正式进村入驻起到我们来采访时的 8 月 30 日止，在这短短的 170 多天的时间里，他们帮助村里办的每一件实事，骆驼湾的群众都铭记在了心上。

黄文忠和队友们，在驻村帮扶工作中，为了发展骆驼湾村新型集体企业，付出了太多的努力和牺牲，这项光荣的事业目前还正处于起步阶段，今后还会遇到各种困难和挑战，但是，他们引导发展的新型集体经济，走出了一条新时代贫困地区实现共同富裕的道路，其愿景非常值得我们期待。

在采访中我得知，黄文忠的爱人至今还是一个普通的农妇，他上有 90 多岁高龄又双目失明的老母亲，下有上学的儿女，其实，他的家庭负担挺重的，但是，他来到骆驼湾驻村以后，就像村头的光伏树一样，在这里扎下了根，开始发光发热，为集体经济发展注入活力。

黄文忠长期驻村工作回不了家，就是到省城办事，也是当天去当天回来，骆驼湾已经变成了他的家。无奈，他的爱人张合利只好来看望他，但是，在骆驼湾村住了 10 天，夫妻之间的谈话也没超过二十句。爱人感到心里委屈极了，那天，她不言声就走了，黄文忠还不知道为什么呢！因为他把所有精力都用在了骆驼湾新型集体经济的发展和谋划上了。

近日，黄文忠与妻子才算见了一面，还是相隔几百里之外，在中秋节的视频连线上。

每逢佳节倍思亲，他的妻子和儿女来到长城新媒体集团演播间，一家人通过视频连线，才实现了中秋节的"两地团圆"。

妻子透过视频，看到黄文忠起早贪黑，奔波劳累，常常以冷馍凉粥为餐的样子，很是心疼，动容落泪。而视频另一端的黄文忠，则眼睛湿润地说："如果有来生，我还娶你当老婆！"

山村农业追梦人

(一)

在我这次采访中,张红亮是唯一的一名从城市里回乡创业的大学生。他给我的第一印象却很普通:人个子长得不高,圆脸晒得黑里透着深红,戴一副近视眼镜,看上去他更像村里一位朴实的青年农民。我们刚一见面还没聊上几句,他憨厚地笑了笑,就打开了话匣子,畅谈起了这几年的艰辛创业史。

2003年,张红亮毕业于河北工程大学农业学专业。毕业以后,他曾经用了12年时间,辗转到保定、石家庄、北京等城市打工,从农药厂的车间技术员、农资公司销售员,一直干到年收入十几万元的农场技术员。张红亮学的专业是植物保护,他在北京郊区一家现代化农场工作得非常出色,深受农场老板的器重。2015年,张红亮要辞职回乡创业时,农场的老板还用加薪给股份的方式,千方百计想留住这个痴迷无公害种植的人才。

其实,张红亮辞职回乡创业有三个主要因素:第一个原因是他想在特色农业种植上闯出一条绿色环保、零化学农药使用、无公害农产品生产的道路,而且,他想搞的特色种植最大的特色是

山乡农业追梦人张红亮

山泉水浇菜、自然成熟、使用农家肥和有机"菌肥",不让消费者食用的蔬菜有一滴农药残留,因为从育苗、中期管理到采摘时,他坚持不使用化学农药。北京那家大农场的老板对张红亮的种植理念和探索非常认可,但是这种试验的代价非常高,市场潜在的风险很大。如果试种的产量低,再加上市场认可度不高,这项试验八成就成了赔本的生意了。当时农场的大老板基于经济利益方面的考量,并没有支持张红亮的试种探索,这就叫道不同不相为谋吧。第二个促使他回乡创业的原因是老父亲年迈体弱,身边需要亲人照顾。他是家里的独子,从小就父子俩相依为命,他是个孝子,不能为了挣钱就扔下老父亲不管不顾吧?再有一点是看到村里的年轻人都纷纷进城去打工,成片的土地都被撂荒了,他暗自觉着心疼又可惜。为了实现回乡发展新型农业种植的梦想,为了亲人的幸福,为了深情的家乡那片热土,张红亮背起行囊，从繁华的都市又回到了正处于脱贫攻坚阶段的故乡——龙泉关镇的黑崖沟。

2015年春天，张红亮站在村外的山坡上，看见一轮火红的太阳从东山顶上升起来了，远山近树镀上了一片灿烂的金色。张红亮和他的伙伴张立飞，从一辆农用三轮车上卸下竹竿，他俩合伙要在自家的5亩土地上搭建11个竹竿简易大棚种植蔬菜。

一个在城里有高收入的大学生，按普通人的观点，应该在城里买房、买车、娶妻、生子，过上幸福的生活，村里人认为这才是正道。眼看着张红亮这娃儿，挣了钱也不先找媳妇、买房子，不想办法在城里安家，而是拿着硬扎扎的票子愣是往这兔子不拉屎的穷山沟沟里扔。你说这娃不是缺魂儿少调儿，让鬼迷了心窍，就是不傻也呆痴了吧？村里上了年岁的明白人，背地里对张红亮回村种菜议论纷纷。祖辈就从土里刨食吃的庄稼人都知道，种地不挣钱又没出息，吃苦受累不说还得过烂泥巴一样的穷光景，穷日子难熬出头。山里人的愿望就是走出大山谋生活，这没什么商量的余地。你张红亮反过头来强努劲儿（方言，指反其道而行，费力不讨好），其结果也只能给自己找罪受，你说这娃图啥呢？

张红亮把这些议论当成了耳旁风，他是个胸中有了大目标、千斤重担不弯腰的硬汉子。他认为，地在人种，事在人为。当农民也不低人一头，行行出状元嘛，人不怕贫困，就怕手脚不勤奋。

张红亮对他的合伙人说："随着人民生活的不断提高，环保绿色无公害蔬菜必定是大家寻求的目标，我们这条特色有机农业种植的路会越走越宽广。想事从大处着眼，做事咱先从小处着手，一步步往前走，咱给他来个耕地人犁不到头不卸牛，先种出好吃的放心菜来，以后市场的大门就准会朝咱敞开。"

从当年开春动工到谷雨时节，张红亮他们搭建的11个竹竿简易大棚就完成了。

第一年回村种菜，张红亮和他的伙伴先从常见的豆角、西红柿、黄瓜、辣椒、大白菜种起。在管理这些蔬菜大棚上，张红亮不投机取巧，而是按着规定的种植流程和环节，从浇水、锄草、施肥开始，坚持使用自己配制的有机"菌肥"和农家的猪、鸡、牛、羊粪便等肥料，从山上引来山泉水浇灌，不使用除草剂，而是采用传统的人工松土锄草，虽然这些种植方式费力，但是能让消费者吃上放心菜。

第一年的试种阶段，市场上的经销商并不认可这种有机蔬菜，加上产量不高，张红亮他们只能采取自产自销的经营模式。可周围乡镇集市上卖的蔬菜价格又不太高，你价格高了，老百姓怕贵就不买你的，因此，只能随行就市。吃惯用化肥、农药种出来的蔬菜，你说还是有机无公害蔬菜好，很多人都没吃过，从心里他也不相信。从开春到秋后，伙伴俩忙了多半年，他们种出来的豆角、黄瓜什么的合算起来，仅卖了2万元。

龙泉关镇党委、政府和驻村工作队，对张红亮回村创业种有机无公害蔬菜这事很重视，鼓励他坚持种下去，并帮他分析了效益不理想的原因，还帮助他争取来了30万元政府贴息贷款资金。

其实，这种有机无公害蔬菜确实看起来平常，实际真正种起来挺难的。

第二年开春，他的合伙人张利飞的父亲也加入了张红亮的团队。这年，在驻村工作队和村两委领导的协调帮助下，张红亮又从农民手里以每亩1000元的价格，流转来了50亩土地，为蔬菜种植基地扩大规模打下了基础。

在种植规模扩大之后，张红亮和他的合伙人，把主打蔬菜锁定到优质西红柿和青椒上，这年的市场行情也不错，眼看着就能挣大钱了。为了抢季节赶行情，他的合伙人主张采取灵活的种植方法，让蔬菜早日上市。但是，张红亮坚决不同意用膨大素"抹花"，不同意使用化学药物催熟的办法来糊弄消费者。

他的合伙人眼看着大把的票子捞不到手，当时确实也挺生气的，因为谁都指望着挣钱养家过日子。

他的合伙人说："种菜抹花催熟、上化肥、打农药，这是菜农们家家都在使用的方法，你干嘛非得拧着劲干事，弄这狗长犄角羊式的玩意，市场不认咱也是白忙活！俺爷俩可是拉家带口的人，庄稼人过日子靠喝西北风不中啊，你再这样瞎折腾下去，俺家可赔不起了。"

张红亮在绿色无公害蔬菜种植上，坚持自然熟的采摘理念，让他的合伙人非常不理解，这是造成他们之间合作的主要隔阂。这年秋后，收完了最后一茬蔬菜，双方结清了账目，张红亮的合伙人退股走了。

其实，张红亮的合伙人退股，对他的创业确实是一个沉重的打击，他总感觉绿色无公害蔬菜的种植，只要能再加一把火就开锅了，只要再坚持一下，市场的大门就一定会打开的。在这种内生动力和理想的激励下，张红亮这条倔强的汉子，还是咬着牙挺了下来。

在困难和失败中，要看到光明的前景。张红亮认准了的路，他就要坚决走下去。在还没有什么收获的情况下，张红亮注册成立了阜平县珍稀蔬菜种植专业合作社，他还加入了阜平新型农民协会。他利用冬季农闲的时候，走访中国农业大学、河北大学、河北农业大学、西南大学和香港科技大学等多所高等院校，寻求蔬菜种植上的技术支持和指导。中国农科院的专家们被张红亮对无公害蔬菜种植的痴迷和坚守所感动，无偿捐赠给他的种植合作社一批优质的蔬菜种子、菌肥和植物疫苗，其他几所大学的教授和专家们，也在种植信息和技术指导上给予了他很多的技术支持和帮助。

张红亮也在琢磨，怎么才能改变端着金饭碗要饭吃的尴尬现状呢？他也是个能挑千斤担不担九百九的好强汉子。他计划在已流转的50亩土地上，建设40多个现代化的蔬菜种植凉棚，从基础设施上再提升一步，为来年打个蔬菜种植翻身仗创造条件。

山村里也有不少能人看好张红亮的蔬菜种植事业。在驻村工作队和村两委领导的宣传、帮助和鼓励下，有8个新的合伙人加入了张红亮的合作社，他们投资200多万元，除了建蔬菜塑料凉棚，还购买了一些农机具。在这片充满希望的土地上，张红亮领着一支20多人的队伍，又热火朝天地干了起来。

从建大棚、耕地、播种到锄草、施肥和浇水的每一个管理环节，这支团队内部始终存在着走适应市场需求的传统种植模式，还是继续走有机无公害种植的新道路这两种意见和主张。其实，最终目的是一致的，说白了就是一个是现干现得利，一个是宁肯丢掉舍去一些眼前利益，也要追求长远发展利益。最后，还是张红亮的主张占了主导地位。

为了降低市场风险，在众人的主张下，种植品种上除了常见的豆角、西红柿之外，他们还大量种植了优质的大棚西瓜等瓜果类品种。

这一年迎来了一个大丰收的好年景，西红柿长得鲜红个大口感好，绿豆角脆嫩喜人，第一年试种的有机西瓜更是沙甜可口……合伙人笑在脸上喜在心头，张红亮种植无公害蔬菜赔钱赚吆喝的笑话，将要变成惊叹的声音和羡慕的眼神。

这场历经两年投入才扳成平局的翻身仗刚要打响，突然，市场上传来一连串的蔬菜价格暴跌的坏消息，这让张红亮和他的伙计们始料不及。其实，市场的铁律是"物以稀为贵"，这双看不见的巨手，在左右着菜农们的赔赚命运，如现在，鲜嫩的豆角两毛钱一斤还没人买（往年价格2元钱），西红柿个大、口感又沙甜，三毛钱一斤还是零售。张红亮和他的合伙人欲哭无泪，只能把这一车车的无公害蔬菜，从县城里拉回来给驴、羊吃了。那几大棚的有机西瓜，也是仅靠几毛钱一个批发掉了。这一年，土地流转金加农民工的工资，还不算上9个合伙人的工钱，白种了这一年蔬菜，还干赔进去了近30万元。这样的创业就是三头六臂的神仙也没啥好招了，摆在这支团队面前的只有两条路：一条是愿赌服输，止血收摊散伙；另一条是冒着赔更多钱的风险继续闯市场。

张红亮的另外八个合伙人，都是村里的能人，外出打工每人一天保险有300元的收入流进腰包，同时谁都肩负着拖家带口的重任，第一年不挣钱吃些老本还能扛得住，但是，面对翻脸比翻书还快的市场信息，这群想创业的老实厚道的农民，只能采取能挣钱就种地，赔钱就另谋生路的办法了。

在创业中遇到了接二连三的失败打击之后，张红亮的思想和毅力也产生了动摇。眼看着合伙人一个个离他而去，回村这三年创业，不仅没挣到一分钱，到头来还欠下一屁股的外债，该怎么办呢？扔下这个烂摊子鸣金收兵，重返城市打工挣钱，再抓紧时间谈个女朋友结婚成家，过普通人的紧巴日子吗？如果他这时一撒手走了人，刚搭建的50个可长期使用的塑料大棚就变成了废物，这几台现代化农机具也就等于白扔了，银行里的贷款就变成"死账"了，国家的损失和个人的信誉是没办法补救的……

在张红亮创业再次遇到困难的时候，驻村工作队和村两委领导帮助张红亮分析市场信息动向的同时，在种植上支持他搞特色品牌种植，不要眉毛胡子一把抓，在种植模式上进行新的探索：在使用有机肥有效调节土壤结构，增强土地肥力的前提下，采取"倒茬"种植的方法，不仅可以让土地保持干净，使之能永远种下去，而且种出来的蔬菜会越来越好吃。

张红亮这支新组建的团队，屡败屡战，三年之后变成了整装待发、鼓足勇气再创市场的"独角兽",他拥有先进的理念和种植技术,还有驻村工作队和村两委班子的支持,这坚定了张红亮继续搞无公害种植去闯市场的信心。

在张红亮创业最困难的时候,当地政府又再次支持了他100万贴息贷款。

又是一年春暖花开、草长莺飞的时节。张红亮认识到,在蔬菜有机种植上不仅要坚持无公害理念,更重要的是需种植优质高端新品种,这样才能让新鲜的无公害蔬菜进入高端消费群体的视野。在省农科院有关专家的帮助下,张红亮把英国"黑西红柿"和日本、新西兰的优质高科技蔬菜品种引进来试种,为此他又新搭建了两个暖棚育苗。在新的起点上,张红亮再次出征。

种植管理决策上的顺畅,让张红亮如鱼得水。水灵灵的小苗顶着露水珠儿破土而出,从扎根、散叶、伸枝到拔节、开花、结果、成熟、采摘,这一个环节扣着一个环节的推进,让张红亮又看到了成功的希望。

这一年对张红亮而言,确实是不平凡的一年,他种植的50个大棚的蔬菜,还真不是一个钱俩儿醋的事(方言,指成本不小),得请人帮工、做种植规划,施肥、浇水、锄草、管理,还有市场营销什么的,老大的一堆事哩!起五更、爬半夜,风里来雨里去,这些更是常事,可劳碌一年,还得看市场这"财神爷"的脸色吃饭挣钱。常言道:天上飞的野鸭,不能算碗里的菜。张红亮大棚里长的菜,也不能算是他赚的钱。

2018年,对张红亮和他的无公害蔬菜种植来说是顺风顺水的一年，还真应了那句老话：手有实在货，不用嘴吆喝。张红亮种植的"黑西红柿"刚一上市就成了批发商的抢手货，从他的蔬菜种植基地批发出来5元一斤，倒卖进大城市，刚摆上超市货柜，摇身一变就成15元一斤了。据资料介绍，食用这种"黑西红柿"有很强的养生功效，在英国市场上能卖到人民币50元一斤。除了商贩批发，张红亮还开通了微信网上销售。因为他种植的蔬菜口感好、吃着放心，受到了广大消费者的追捧。市场认可度提升了，在品牌效应的引领和助推下，他种植的"黑西红柿"、黄瓜、豆角、甜瓜、白菜什么的，都成了市场上的香饽饽。

这几年来，在经历了几场失败的打击之后，张红亮这位勇敢的山乡农业追梦人，在故乡的土地上，终于以无公害有机蔬菜种植为根基站立了起来。

春暖花开蝶自来，张红亮回村创业的精神，感动了邻村一位在北京打工的姑娘。听村里人说，这两个人处上了对象，虽然见面不多，但两个人在微信里相谈甚欢，已步入谈婚论嫁的阶段。今年已经36岁的创业青年张红亮的"脱单"问题，随着他创业的成功，看起来离让乡亲们喝喜酒的日子已经很近了。

我在采访中深深感受到，愈是穷苦的人，愈是渴望富裕。在精准扶贫、建设小康社会的精神鼓舞下，摆脱贫困的内生动力，在张红亮这样有志回乡创业的年轻人心里被激发了起来，他们身上有坚强的毅力和勇往直前的精神，这一群年轻人是中国农村建设小康社会的中坚力量，更是美丽乡村明天的希望。

我在采访中看到，张红亮沉重的下巴倔强地紧咬着，他在挚爱的故乡土地上，闯出了一条现代化绿色种植的道路。他知道无公害绿色种植只有阶段性目标的"实现"，而没有一劳永逸的终端。他从亲身经历的痛苦失败中学习经验吸取教训，就会感到一片葱绿，这葱绿向天空四面八方伸张，好像有一种神奇的生命力在不断扩展，人的精气神兴盛了，贫穷气就衰落了，你不向贫穷和失败低头，贫穷和失败就会主动向你弯腰认输了。张红亮说："总而言之，你有信念才有觉悟，有觉悟才有奋斗，有奋斗才会不怕困难和牺牲！"

我被张红亮这种不怕牺牲、百折不挠的创业精神感动了，只觉得眼睛里湿乎乎的。

（二）

我接下来采访的对象叫陈彦，他今年54岁，中共党员，1995年至2003年任骆驼湾村的村主任。近十几年，他曾经外出在北京某建筑工地打工，春种秋收的农忙季节回家务农。

我见到陈彦时，他正领着几个伙计在瓦窑村挖排水管道沟。陈彦穿着朴素，留着七分头，说话慢条斯理的，看样子非常谦和，但内心里却十分有数。在采访时陈彦说："如今，骆驼湾村的土地都流转给专业种植公司了，山里人也和城里人一样，不种庄稼了，吃粮都是花钱买。"缓了口气，他接着说："你说种粮食图啥呀？一年四季吃苦受累不说，再刨去种子化肥农药水电，一亩地剩不了几个钱。这还不算人工费用呢，要是连自己的人工也算上钱，不光不挣钱，遇上年景不济，还得往里贴钱，村里人都指望着外出打工挣钱养家，人们常说坐吃山空，谁待在村里也干耗不住呀。"

陈彦回忆说："早些年，在生产队里干活还有开会学习，全队老老少少坐在一起，奶孩子、咳嗽、卷旱烟、纳鞋底、聊闲话、东家长西家短、婆娘扎堆、孩子打闹……日子过得虽然清苦，但家家户户的光景都差不多，也没啥攀比头儿，心里没压力，身上也没动力，都是乐哈着瞎混呗。现在可不中了，俺进城打工一看，就傻了眼，咱这自给自足、以穷为荣的老观念，可跟不上行市了。就是说家有三担谷，跟人家一比喘气都不敢粗了。山里人谁都知道，人不劳动没饭吃，鸟不觅食饿树枝儿。"

前几年，老婆刘彦凤给陈彦打电话说："老陈，习总书记来咱们村了，你还不回来呀？咱骆驼湾跟过去不一样了……"2014年秋天，陈彦在妻子的催促下从城里辞工回了村，准备先在村里打零工，采取比较稳妥的骑驴找马的方法创业。

后来，他依据骆驼湾丰富的野生菜果类资源优势，准备搞农产品深加工。陈彦的这个创业想法得到了妻子的支持。他利用空余时间，走遍了骆驼湾的山山坡坡，考察记录了野菜、野果的种类、数量和生长环境。他采取就地扩种、积少成多的渐进模式，计划组建一家山菜野果生产加工合作社，把骆驼湾山上生长的珍奇野生绿色可食用菜、果类，原汁原味推到市场上，实现在家门口创业致富的梦想。

现在陈彦已经把山里的野蕨菜、小根蒜、蒲公英、沙参苗、山韭菜、山葱、车前草等十几个主要品种，在山坡上就地扩种了几亩的规模，还把山里成片的野生猕猴桃、山葡萄、山梨、山杏和山桃类野果树进行了有效的人工管理。

陈彦满怀信心地说："我这样远距离小面积种植，就是为了保持野生菜、果类的原生态和真正原汁原味的天然绿色。我这是在保护自然环境中创业,在创业过程中更好地保护自然资源。我现在家庭负担轻了,女儿大学毕业后参加了工作,现已出嫁了;儿子现在去了澳门特区打工,收入不错。我和爱人在村里生活,在农产品加工上找门路,是一次投资、终身受益的事业,而且投入小、见利快,市场风险比较低,因为野生的菜、果类产品本身就稀缺,所以永远不会有生产过剩与滞销的风险。现在少量的样品已经生产出来了,下一步准备在骆驼湾村的农家乐和阜平县的旅游景点上先试销,有了固定的销路再组织大批量的生产。"

陈彦很有自知之明地说:"我这样年龄的人,其实已经过了创业的最佳时期。承担风险的能力比较弱,不能跟年轻人比了。我不能再做跑兔没抓住,让卧兔也跑了的傻事。现在党和政府的精准扶贫政策是真惠民,国家往咱老百姓嘴里抹蜜,怎么也不能反咬手指头啊,要吃碗称心饭,自己就得下手干,空喊口号瞎吹牛,实现不了致富奔小康的目标。"

民谚说:凤凰不落朽树杈,财神不进懒汉家;要想富裕勤劳动,汗水浇开小康花。

在山村创业的追梦路上,有老一代如陈彦这样步步为营、循序渐进的稳健型创业者,更有年轻一代跟张红亮一样,胸怀大志,屡败屡战,在困难和挫折面前誓不弯腰低头服输的硬汉子。在脱贫致富奔向小康社会的征程上,敢于回乡创业,在农业上寻找出路追逐梦想的人,才是建设美丽乡村的中坚力量,他们是当今最可爱最值得我们赞美的人。

骆驼湾的土秀才

在采访中,本届驻村工作队队长刘华格女士,给我们介绍了骆驼湾村一位非常有名的"土秀才",这个人经历传奇、才艺出众。年轻时期,他在骆驼湾村的剧团里是个灵魂人物,吹、拉、弹、编、导,各项才艺无师自通,绘画、捏泥人、写小说自成一家特色。把脉、开方、针灸方面他还拜师学过徒,可以说人聪明、手灵巧,年轻时身边也不缺漂亮的村花围着转,生活无拘无束,过得随性潇洒,超凡脱俗。他就是有一怪脾气,嗜酒如命,酒喝高了就拿老婆出气发泄。他不喝酒时,是个多才多艺的能人,喝醉了酒就犯浑,他的名字叫韩来福,土生土长的骆驼湾人,今年70多岁,人老了还是孤身一人。

韩来福写了一部自传体长篇小说《情思泪》,这部作品写得乡土味十足,情节曲折,引人入胜,人物性格刻画得细腻真实,语言鲜活传神,特别是在细节描写上,挺让人感动的。这是一部反映20世纪70年代初期山村青年追求自由爱情的传奇故事。在韩来福的小说中,他是这样来描绘家乡骆驼湾村的山水景物的,现摘录一段文字,以增强外来观光的朋友对昔日骆驼湾的了解:

骆驼庄（指骆驼湾村）偎依在"天珠峰"（指百草峰）脚下。登高眺望天珠峰上的长城（指长城岭），犹如一条黑色的巨蟒，跃跃欲试。

这里，山高林密，悬崖峭壁，大树参天，禽兽聚栖。

山间溪水潺潺，发出清脆悦耳的叮咚声。五光十色的河石蛋，经过千百年来的水冲雨刷，好似一颗颗明珠，耀眼夺目。

春季，藤枝发芽吐叶，花影摇动；秋季，红叶似火，山菊艳丽。

峡谷，雄鹰飞翔，树枝上黄雀鸣唱，山狍野兔追逐。偶尔，虎豹的啸声在山谷回荡。

这里的水浇灌了这里的田地，这里的田地养育了这里的人。这是一个美丽富饶的地方。大自然赋予这里的财富，并没有给这里的老百姓脱贫消难。"山神庙""奶奶庙""财神庙"和"药王庙"这些老百姓的精神依托，也没有造福于骆驼庄。

弯弯的山路，永远走不到尽头；穷乡僻壤像封闭的罐头盒，使人感到窒息。

鹅毛大雪，铺天盖地，崇山峻岭银装素裹，天珠峰像银色的剑刺向苍穹。

北风怒吼，席卷着雪片，残枝败叶发出"沙沙沙"的呼啸声。骆驼庄在一片白色的世界里，显得那么荒凉、萧条、寒冷。

村东头三间破旧的小平房里，油灯一闪一闪地发出昏暗的光亮。简陋的小屋，只有藤条编织的一个碗架和一口龟裂了的破缸。

土坯炕上，放着一口火盆，烧尽的木炭上蒙上了一层白色的面灰。

韩二珠双腿跪在炕上，他一会摸摸爹的额头，一会儿给爹掖掖被角。面黄肌瘦的老爹，伸出干枯的手拉住韩二珠说："孩子，爹怕不行了，我死后，你要想办法离开这个穷窝窝，好找个姑娘成个家呀……"

在正月十五的元宵节背歌会上，有一首古老的民歌至今还在骆驼湾传唱：

骆驼湾人生的巧，

破黄子，烂油糕。

烧酒壶子灌了个饱，

过了十五往外跑。

这几十年来，韩来福凭着自己的医术，还有绘画、捏泥人的手艺，在年节过后，就外出谋生。因为年轻的时候在骆驼湾村农闲时节临时拼凑的"狗打架"戏班里编过剧本，当过导演，身边总有俩扮相顺眼的村花围着他学戏，韩来福身上有一股超凡脱俗又放荡不羁的才气，还确实挺能吸引异性的眼珠，什么干妈、干姐、干妹儿、干女儿，他还真的在山里认了不少。但是，真正想跟他结婚生子的女人一个没留住，他的钱挣来得不难，花得也容易，人老了孤身一人，在骆驼湾过上了"馒头就酒"醉生梦死的生活。

如今，骆驼湾落魄的老"土秀才"韩来福成了村里的贫困户。前几届的驻村扶贫工作队，先后几次登门看望韩来福，什么油、面、衣物和困难补助金，也经常不断给他送上门来。驻村工作队的领导，在征求他对脱贫工作的意见时，问他："老韩，你需要我们怎么来帮助你？"

韩来福翻了翻白眼，不以为然地破罐子破摔说："你们驻村工作队，除了给我送袋面、提桶油、放两百块钱，还能帮什么呢？我现在就需要个媳妇做伴，你们能帮我娶不？"说罢，脖子一扭就不言声了。在骆驼湾村的人看来，怪人韩来福就好比一把锈死了的铁锁，谁也无法打开他孤独又苦恼的内心世界。

这届的驻村工作队队长刘华格，还真有点不信邪的劲儿，她在党旗下承诺：在精准扶贫工作中，不让骆驼湾村的群众一人掉队。为了神圣的使命和庄严的承诺，刘华格把韩来福这个特困户划成自己的联系帮扶户。

刘华格带着队员唐超男，几次登门帮韩来福家搞卫生，从整理家务、擦桌子、扫地这些零碎小事做起，从聊天中发现了他的才艺，让他为村里的敬老院墙壁绘上画，为村里的文化活动表演捏泥人，他捏小动物的不凡手艺，获得了周围人的赞赏。年迈的韩来福，仿佛又神采飞扬地找回了年轻时受人追捧的风光。

韩来福在刘华格的关怀和帮助下，开始积极地参加村里的文化活动。刘华格于是趁热打铁，劝他要一天三顿饭正常吃，少喝酒。还鼓励他拿起笔来，写骆驼湾的新变化，让他的文学才能在精准扶贫战役中充分展现出来。

在现实生活中有文化又脾气古怪的人，跟你好起来比蜜还甜，闹起心来比狗屎还臭。韩来福说："锁子不开是钥匙不对，人家刘队长劝我少喝酒是对我的身体好，我听着她说的话有道理，她让我为村里的文化活动出力，就是看得起我的才艺，我就得露两手绝活，让乡亲们开开眼呗！"

骆驼湾村的韩守忠是韩来福的亲侄子，在采访中他说："俺叔，在这十里九村的骆驼湾，应该说是个远近有名的能耐人，他脑子好使，多才多艺，这一辈子就因为贪了口酒被害苦了。在骆驼湾这个深山沟里，他有才艺也没个施展的舞台，年轻的时候又没赶上好光景，一条甩不掉割不断的穷尾巴，让他这一辈子都不得志，脾气越古怪就越没女人愿意跟着他过日子。常言说：自己跌了跤，别怨门槛高呀！他从小就有股子恃才傲物的倔巴劲儿，让他装王八犊子给人家踩脚底下，打死都不干。但是，你要顺着他的心说话，让干啥都愿意出力献艺。"

当我问起韩来福现在的生活问题时，韩守忠笑着说："俺叔现在生活挺好，老爸临终前，把照应他的日常生活的任务托给了俺二妹子一家人，现在给他养老，将来为他送终，他的遗产就归我二妹家了。平时他有事，我也帮着照顾点，他现在也住进了新民居，吃、穿、住、看病都没问题了。特别是驻村工作队的刘华格队长，她对俺叔的帮助非常大，俺说让他少喝点酒他都不听劝，人家刘队长一劝他就听心里去了。现在他身体和精神都挺好的，我们这些亲戚也是很感谢驻村工作队的，他们是千方百计不让咱骆驼湾人在奔小康的路上一个人掉了队。"

韩守忠给人的印象很诚实，同时又很精细，聊多了我又发现他很聪明，这也许就是骆驼湾人的典型性格吧。

因为那天正赶上下雨，韩来福外出办事，韩守忠带我们来到韩来福的家中参观。韩来福住在一排有小院的三间灰瓦黄墙的新居室里，中间是客厅，冲着门的木架子上，摆着两只栩栩如生、色彩鲜艳的泥塑孔雀。韩守忠告诉我说："党的脱贫兜底好政策，让俺叔彻底摆脱了贫困的生活，也激发出了他的创作兴趣。这是他在骆驼湾首届旅游文化节上的参赛作品，还获得了二等奖。"从屋里的一些摆设上看，虽然还都有着几丝贫穷的痕迹，但同时让人感到这新屋子的住户是不乏美感的。南墙上挂着一面长方形的大镜子，里边放满了韩来福年轻时的风光照片。头发油光锃亮，国字脸棱角分明，衣着整洁时尚，一看了这照片就能让人回想起他年轻时才气四溢的农村小伙模样。正因为他身上有了些才气和聪明，让韩来福这一辈子在村里成了永远不能顺着辙道儿走的另类人物，金钱、医术、文学和恋爱都因为一个"酒"字，再也没法把他引导到正常家庭的轨道上去。岁月蹉跎，已经步入垂暮老年又身无积蓄的韩来福，如果不是遇上了党和政府的精准扶贫好政策，他的晚年做梦也不会搬进新民居，城里来的女驻村工作队长，也不会来关照他的物质和精神生活。现在韩来福逢人就感激地说："现在我能过上这样好的光景，离开了当地政府和驻村工作队的帮扶可不行啊！工作队就像我的家人，也是我的亲人，对我可好哩。"

在骆驼湾的采访中，我切身体会到正像一首老歌里唱的那样：共产党像太阳，照到哪里哪里亮。脱贫致富奔小康，穷苦百姓真的非常感恩伟大的党。骆驼湾人那泥土般的淳朴、溪水般的柔美和大山般的豪气，在美丽乡村建设中正一天天凸显了出来。

驻村工作队里的"女汉子"

（一）

在骆驼湾村的驻村工作队里有这样一位泼辣能干的"女汉子"，她叫刘华格，今年47岁，中共党员，河北省畜牧良种工作站人事科长，现任驻骆驼湾村第一书记。

刘华格戴一副白边近视眼镜，白净、圆脸，一双有神采的大眼睛闪动着灵气，细高个儿，一头乌黑的披肩长发，说话爽快，她身上颇有一股敢说敢闯的泼辣劲儿，做起事来有一种争强好胜不服输的精神，柔美的外表包藏着一种"女汉子"的气势。在骆驼湾建设美丽乡村、致富奔小康的关键节点上，她挑起了驻村工作队队长兼骆驼湾村第一书记的重担。

在采访中我问她："这次驻村帮扶一去就是三年，任务重、压力大，单位为什么不派一名年富力强的男同志来呢？"刘华格神情坦然地说："2018年1月16日，河北省农业厅下发《关于选派2018年驻村干部的通知》，河北省畜牧良种工作站支部会研究决定，先由我负责的人事科组织符合条件的干部自愿申请报名。因为我们单位的人员结构点集中，超过半数的40岁左右的干部家里不是有老人需要照顾走不开，就是孩子面临中考和高考的关键时刻，孩子的前程家长们都非常重视。在通知下发了两天之后，单位主动报名的人不多，而且还要求单位派一名副处级以上干部担任队长兼村里的第一书记。因为单位没有正站长，现有两名副职主持工作，如果再协调一名副站长出去扶贫，单位的工作开展会受到影响。还因为我们单位是被考核的责任单位，因此又不能从别的单位选派第一书记。我看到领导面有难色，当时我心里也挺纠结的。"

其实，刘华格也同样面临着多重家庭困难，她从小跟着姥姥长大，姥姥年轻时守寡，她母亲今年80岁，老母女二人相依为命，前些年，刘华格的父亲也走了，她姥姥已经100岁了，更需要人来照顾了。而且眼时，已经76岁的婆婆也住在他们家里，一家三位老人，都需要她和爱人照顾，再说，儿子今年也面临着高考。刘华格就和爱人商量说："我是一名共产党员（1996年大学毕业前入党），而且是单位的中层干部，应该积极报名下乡扶贫。但摆在咱面前的家庭生活现状，确实有困难，也不知道怎么办好。我想驻村扶贫是件大事，如果单位报名的人多，我就不下去了，如果报名的人少，我就必须得挑起这副担子。"刘华格的爱人是个顾大局、识大体的人，他二话没说就表示支持妻子的想法，愿意把照顾三个老人和儿子的重担都扛起来。

对这位老同学和知心爱人，刘华格从心里非常感激。

刘华格很快和畜牧站里的领导沟通了思想，领导也考虑到她家里的实际困难，对她说："过几天，等报名结束后，看了情况再说吧。"

2018年1月22日下午刚上班，省畜牧工作站的领导把她叫到办公室。其实她刚接到领导的电话就有了思想准备。她一进领导的办公室，就开门见山地说："站长，你别为难了，我去！"领导说："你下去还得带队！"让她当村第一书记，刘华格还真有点为难了，她说："按照上级文件要求，带队的是副处级以上才可以，我一个科级干部，这不符合文件要求的级别吧？"站领导接着说："这是农业厅里决定的，只能选你下去了。"

刘华格当机立断，说："只要党组织信任，那我就有信心把这项工作干好。"

畜牧站领导接着问她："你下乡去了，这一走就是三年，那你扔下家里这堆事怎么办？"

刘华格坚定地说："我是一名共产党员，党组织需要我做出牺牲时，我就先顾'大家'吧，自己的'小家'有再大的困难也得克服。"

看到刘华格非常爽快地接受了下乡扶贫的任务，畜牧站领导又关心地问她："华格，让你去下乡，还有什么要求吗？"

刘华格实话实说："我也没什么要求，如果能给我们工作队选派一名女同志更好，俩人能就个伴儿。"（其实单位的人都知道她胆子特别小，尤其是晚上怕天黑。）走出站领导的办公室，刘华格立马就给爱人打了个电话说："定了，让我去驻村扶贫。"她爱人在电话那头沉默了一会儿，才刻意用轻松愉快的口气说："好啊，支持！"

当时,刘华格的鼻子一酸,眼泪就落了下来。照顾家里三个老人和儿子高考的事,都得推给丈夫来管,让一个大老爷们去干这些婆婆妈妈的杂事,他该会多么费心费力啊。她和爱人在电话里商量好了:先不告诉家里的老人和儿子,等她下去工作之后再说,省得让家里的老人们替她操心。

刘华格下乡扶贫的举动,让单位的同事和朋友都不理解。"这一走就是三年,再说了你已经是正高职称,还是岗位专家,又有自己的专业团队,你为什么报名下去吃苦受累呢?"听了这些议论,她也不会说什么漂亮话,就特别直白地说:"我是一名共产党员,应该响应党的号召,践行入党时的庄严承诺,坚决打赢这场造福人民的精准扶贫攻坚战。"

在接下来的两个多月时间里,刘华格和他的爱人开始四处找保姆帮助照看老人。刘华格对百岁的姥姥感情非常深厚,因为她母亲是独生女儿,她这辈的姐弟三人,都是姥姥一手带大的。她清楚地记得,由于姥姥年岁大了,从前年开始姥姥得了一次感冒后,就基本上生活不能自理了。母亲已经80岁了,也到了让人照顾的年纪。尤其是每天到了晚上,她和爱人连觉都睡不安稳,要轮换着听着两位老人的动静。

刘华格在采访中告诉我说:这两年,姥姥晚上不容易睡觉,她有点痴呆症状,有的时候精神亢奋起来,她会想起好多过去的事情。姥姥还多次出现幻觉,眼前浮现出已经过去了多年的人和事,还喊着死人的名字,自言自语地说话搭腔儿,挺吓人和折腾人的。因为有这些老年人的毛病,每次请来的保姆,都干不了两月就熬不住走了。有时没有保姆的空窗期一等就是几个月。刘华格和爱人在一个单位上班,而且离家比较近,所以老人这些年基本上就常住在她家里。

近几年,刘华格晚上陪伴姥姥睡觉,白天去单位上班,回了家还要照顾三个老人,洗衣做饭打扫卫生占去了她的大部分业余时间,她真的连和朋友、同学聚一聚吃顿饭的时间都没有。她的同学好友都打电话说:"格格,你玩失踪啦,怎么也不见你在微信里露个脸呀?"她心里说:"我忙得连喘气的工夫都没有了,哪里还顾得上看微信呢?"

前年冬天,刘华格的婆婆得了脑血栓,虽然因抢救及时,生活基本上还可以自理,但是也得需要她操心照顾。一家有三个这样的老人,可以说找保姆还真成了难题。确实没办法了,也只能靠她和爱人照顾。

刘华格的儿子以前住校,每个月回来一次,眼看要临近高考,去年寒假前考试不理想,刘华格为了提高儿子的学习成绩,就和很多家长一样,在学校附近租了一套房子,为了有时间让爱人过去陪陪儿子,帮他辅导一下功课。当时,刚住了还没有一个月的时间,她原本想下了乡再告诉儿子,可是在过春节时,有个同事来家里玩,无意中把她要下乡扶贫的事说漏了嘴。这事被她儿子听见了,等那位同事走了,儿子就直接对她说:"妈,我不租房子了,回去住校。"刘华格听儿子这样一说,她又暗自心酸落泪了。刘华格对自己选择下乡扶贫是对还是错其实心里也非常地纠结,最后与爱人商量的结果是把租来的学区房退掉,让儿子再回去住校，这样减轻爱人的负担。

2018年正月里，百岁的姥姥，在刘华格准备下乡扶贫前一个多月里，又得了严重的病毒性感冒，老人不吃不喝，精神状态非常不好。刘华格的妹妹找来医生到家里给老人看病，医生听了听心跳说："心脏没事，就是感冒闹的，输输液就好了。"

一家人围着躺在床上的姥姥急得团团转，因为输液总跑针，吸收也不好。半个多月过去了，老人的病还是不见好转，气息微弱，眼看老人的生命危在旦夕了。刘华格和她母亲很着急，刘华格的母亲和妹妹都是医生，就想用中医的人参红枣汤给老人试一试。刘华格给老人熬好了人参红枣汤，从嘴角一点点给姥姥喂下去，没想到这老祖宗传下来的中药配方还真顶事。大年初一，老人的呼吸平稳了，而且慢慢睁开了眼。第二天，还可以喝一点小米粥了。初五过后，姥姥的身体逐渐好了起来，刘华格心里松了一口气。这个年啊，一家人虽然过得有点揪心，但是，过完十五后，姥姥的病好了，保姆也找到来上工了，一家人又高兴了起来。

2018年3月4日，刘华格接到省委组织部的扶贫工作培训通知，培训结束后就要奔赴扶贫村开展工作了。刘华格也没想到时间安排得这样紧。她回家后对母亲说："工作有点变动，今后要下乡三年，我去驻村扶贫。"老母亲红着眼圈含着泪花说："格儿，你从小也没在村里待过几天，山里条件苦你能适应不？"老母亲哽噎着，嘱咐着她，刘华格一边收拾行囊，一边含着泪花点头。老母亲牵挂地望着女儿远去的身影，关上门大哭了一场。

2018年3月9日，刘华格和她的两位队友，满怀着必胜的信心，准时来到阜平县龙泉关镇骆驼湾村上任了。

在采访时刘华格说："我下乡之前，因为儿子在学校读书，怕影响他的学习也没告诉他。其实，家里确实有不少的困难，但是，驻村扶贫对我也是考验和锻炼，我心里是很向往的，因为我是一名共产党员，还是党培养成长起来的专业技术人员，每年有一半的时间在基层搞技术推广和研究。其实小时候我也在农村跟着姥姥生活过，对农村的淳朴民风挺有感情的。我有专业知识和技术，又热爱农村里的乡亲们，我一定要完成上级党委交待的扶贫任务。"

刘华格和她的队友们进驻骆驼湾村的当天上午，就与上届驻村工作队及在当地村镇里工作的同志进行了无缝对接。下午，就开始了入户走访工作。

骆驼湾村2017年底脱贫出列。

贫困人口5户8人。

2018年2月因1人去世，贫困人口4户7人。

新一届驻村工作队在了解到这些实际情况后，第一时间对韩风朋（韩来福）、刘革命、唐云海、唐荣芳4户贫困户进行了慰问，并明确了具体帮扶的人员，张贴了帮扶卡。他们还抽出中午休息时间，专程到龙泉关镇中学，看望了刘革命家上初三的女儿刘倩倩、唐云海家上初一的儿子唐小轩。在了解了两个孩子的学习生活情况后，针对贫困孩子的实际困难，制订了帮扶计划，以解决贫困家庭孩子上学读书的后顾之忧。

紧接着，刘华格和她的队友们，给生病住院的赵金生送去了慰问品，为走路不便、无劳动能力主要依靠低保生活的唐生姐送去了的慰问金。他们把党的温暖及时送到了生活有困难的村民家中。

在走访老干部、老党员陈得忠、顾荣金、韩守忠和唐宗秀、唐富贵等部分干部群众时，除了了解村支部建设、村民家庭生活状况外，他们还帮助发放了明白卡、医疗证等。驻村工作队员们还分头利用晚饭后散步和晨练的机会，深入群众广泛征求意见。为加强驻村工作队与群众的紧密联系，他们还规定了一条特殊队规：对生病的村民，一定上门看望；村里老人去世了，要前去悼念，倡导文明办理丧葬事务。时间不长，新一届驻村工作队就对骆驼湾常往的150户村民走访了一遍，让村里人切身感受到刘华格和她的队友们是真心实意下来帮扶老百姓致富奔小康的亲人。

驻村工作队在摸清骆驼湾基础情况的前提下，很快就对队友各自的工作进行了分工。刘华格负责驻村工作队的全面工作，主抓村里的党建工作；黄文忠主要负责产业发展、外联和宣传工作；唐超男负责信息收集和基础数据整理工作。在充分发挥队友们的专业特长基础上，采取分工合作，形成拳头合力出击的态势。

民谚云：小康不小康，关键在老乡。为了充分发挥骆驼湾村党支部和村两委班子的战斗堡垒作用，驻村工作队在充分听取群众意见的基础上，着手开展骆驼湾村第一届村委会的选举工作。他们先成立了村民代表选举委员会，再组织召开了村民代表选举委员会第六次会议，按照公正透明的原则，于2018年5月22日顺利完成了骆驼湾新一届村委会的换届工作（2017年5月15日，完成村党支部换届选举）。顾瑞利在广大党员和群众的信任目光中，正式走上了骆驼湾新一届村领导的工作岗位。

刘华格和她的队友们都深刻认识到了经济要发展，必须先抓党建工作的重要性。2018年3月9日，新一届驻村工作队进驻之后，近一年来工作队组织村支部、村两委和村民代表50多人次学习相关新农村建设的政策精神，明确两委成员的责任分工，并帮助两委对国考和省考中发现的问题进行整改，积极与村两委制定谋划发展规划和帮扶项目。

为了"凝心聚力促发展，攻坚克难奔小康"的目标早日实现，驻村工作队还组织党员和致富带头人，赴西柏坡、平山葫芦峪进行参观取经。这次参观学习让大家开阔了眼界，解放了思想，并对骆驼湾的产业发展提出了很不错的意见和建议。

2018年4月16日，刘华格以"深入学习党的十九大精神，凝心聚力促发展，攻坚克难奔小康"为题，专场为骆驼湾村党员讲了一堂生动感人的党课。

2018年6月29日，驻村工作队开展了"庆七一"主题活动，骆驼湾的党员干部站在党旗下宣誓，重温入党誓词，刘华格以"不忘初心，砥砺前行，打赢脱贫攻坚战"为主题，结合骆驼湾村的实际情况，给党员队伍声情并茂地讲了一堂生动的党课。驻村工作队的黄文忠，详细讲解了骆驼湾村的产业发展现状和未来的发展思路，激发了广大党员干部创业争优的积极性。通过生动的讲解，广大群众在充分了解村里产业发展的布局后，能感受到实体项目给大家带来的实实在在的经济收益。

骆驼湾村第一书记、驻村工作队队长
刘华格关怀贫困户韩来福的生活

2018年8月23日，在村党支部的带动下，村里的党员们集资，投资建设了一棵"党员光伏树"。这棵特殊的光伏树，不仅解决了党员活动的经费问题，还在群众中起到了示范带头作用。骆驼湾的村民没炒过楼，没做过资本运营，也没进城做过买卖，他们手里的每一分钱，都是靠从"土坷垃"里扒拉赚出来的。投资高科技的光伏树，让村里人切实尝到了投资创业高回报的甜头。

骆驼湾村实业发展有限公司的揭牌运营，近百头黑猪养殖场的创建，骆驼湾大酒店和12家农家乐的开张营业，光伏树的"种植"到发电，食用菌大棚的采摘销售，还有50多亩的村街和公路景观带的美化，第一届骆驼湾旅游文化节的成功举办……这一件件大事喜事，让骆驼湾人笑在脸上乐在心里。

2018年3月以来，骆驼湾村在致富奔小康路上的日新月异的变化，吸引了央视新闻网及《经济日报》《河北新闻》《科技新闻》等多家媒体前来采访报道。骆驼湾村已入选河北省旅游扶贫示范村，村党支部被阜平县评为优秀基层党支部。

当我问起刘华格今后三年的工作安排时，她满怀信心地说："我们这一届工作队，要让骆驼湾村实现三年决胜全面奔小康的目标，首先需要在产业布局上下功夫，在长效和短期项目收益结合上找出路，扶贫要先扶志，更需要在创业青年人才培育上做文章。"

在谈到党员队伍建设和政策宣传工作时，刘华格队长说："坚持以强支部、抓班子、育骨干为核心，以协助两委完善各项管理制度、会议制度、学习制度及监督制度，积极开展党员的组织队伍建设，组织多种形式的党员活动，以增强党员队伍的凝聚和战斗力。在驻村扶贫工作中，要多为群众宣讲党和政府的新政策，把扶贫和扶志结合起来，千方百计，加快补齐贫困群众的'精神短板'，让群众在致富创业上想干、敢干、能干、会干，吸引更多的外出务工青壮年回乡创业。"

刘华格还告诉我说："其实，市场有多大风险，就有多大机遇，风险就像一条围巾，有的人掌握不好力度会被勒死，有的人则从中能以此取暖。如何把发展产业的风险降到最低，这是摆在我们驻村工作队面前的一道必答题。我们要在八个方面着力打造绿色产业链。一是打造骆驼湾民俗旅游和藏粮沟自然古村落旅游区及辽道背自然原始次生森林风景区；二是打造高山地区无公害绿色林果品牌；三是进一步延伸食用菌深加工产业链条和品牌推广，提高产品的附加值；四是谋划家庭式手工艺加工业，发展'炕头和庭院经济'，如编织、插花、鞋垫、手套等加工产业；五是依托中草药合作社，利用骆驼湾的中草药资源，发展林下中草药种植业；六是帮助发展骆驼湾村集体经济；七是发展野玫瑰种植和冷水鱼养殖；八是帮助骆驼湾村尽快建设一座拥有30~50棵光伏树的观光发电岛。我们的奋斗目标是明年底实现产业全覆盖，2020年让骆驼湾村实现全面小康社会目标，我们驻村工作队决不辜负组织的期望，撸起袖子加油干，坚决打赢精准扶贫这场硬仗。"

在精准扶贫的战场上，刘华格是一名性格坚强、敢说又能干的"女汉子"，但是，每当夜深人静时，她还是特别牵挂百岁的姥姥，年迈的母亲、婆婆，儿子和爱人，亲人的冷暖与健康让她时刻记在心头。虽然，她人在远方的山村，但是，电话、微信还是与亲人们保持着密切联系。刘华格含着泪珠对我们说："我的愿望是2020年3月完成了驻村扶贫任务之后，我回到省城给家人做一桌丰盛的饭菜，为姥姥庆祝103岁生日，向我的亲人们表示一下歉意。"

在精准扶贫攻坚和美丽乡村建设中，刘华格和她的队友们，日夜战斗在看不见硝烟、听不到炮声的精准扶贫战场上，以快马不用鞭催、响鼓不用重槌擂的自我奋进精神，与骆驼湾广大群众同甘苦、共患难，在土里滚、泥里爬中并肩战斗。

（二）

在骆驼湾驻的村工作队里，有一位从黑土地上走出来的90后女研究生，她外表柔弱，但内心里却是非常坚韧。在采访中她自我介绍说："我叫唐超男，超越的超，男生的男。奶奶起这个名字的时候，就是觉得女生做起事来不会比男生差，我带着这样一份希冀，一路求学直至硕士毕业。2016年7月，我来到河北省农业厅办公室工作。踏进单位大门的第一天我就知道，作为一名选调生我要到基层锻炼两年，只是不知会是何时。我到了机关工作，一切都要从头学起。从背熟通信录上的号码、熟练运转文件，到协助分管主任进行安全生产工作，熬过的夜、加过的班、吃过的外卖都见证了我的成长。就在一切好像都按部就班的时候，农业厅人事处的一纸文件，打破了我生活的平静。"

扶贫，就像去前线打仗

2018年1月，农业厅人事处发文开始扶贫意向摸底，时间为三年（即2018年开始扶贫，到2020年全面建成小康社会后再回到原工作单位）。那段时间，唐超男正在看《习近平的七年知青岁月》，她被总书记迎困克难的精神所鼓舞，觉得自己有责任也有使命投入这样一场脱贫攻坚战役当中。她思考了片刻就给妈妈打了一个电话，唐超男在电话里说："妈妈，我在等的机会来了，可以到基层锻炼三年了。"其实，她心里的意思是：我作为农业厅的人，如果连农村都不了解，还怎么做农业工作？她对妈妈接着说:"我已经想好了,驻村我是一定要去的,就是跟您说一声,不是商量。"她的妈妈也很通情理,认为女儿年轻多吃点苦好。

在得到了家里的理解和支持后,她立即写了申请意向书。找到主任签字的时候,主任很痛快地签了,签完抬眼看了看她说:"三年啊,你想好了?"

唐超男坚定地说:"主任,我想好了。"她是第一个把申请交到人事处的年轻人,当时,虽然身边也有很多同事劝她考虑考虑。

唐超男的妈妈等到厅里的驻村名单真的确定下来,她才开始显露出担心。妈妈在电话里问她:"小男,你要去的村里路好不好走,有没有网络?"她说:"妈妈,如果真没有网,我就给你写信。"此时,她才感受到了家人的牵挂和担心,妈妈只是在理智上因为支持她去驻村,才把真实的情感藏了起来。

3月7日,河北会堂,驻村干部培训。

唐超男看到大会堂里偌大的阶梯会场座无虚席,她知道自己是这精准扶贫队伍万千星火中的一分子。她和队友们将要点亮的地方,在保定市阜平县龙泉关镇骆驼湾村,那里曾是习总书记到访过的村庄。

生活,就是发现问题、解决问题

唐超男刚到农村时,在生活方面还有诸多的不适应,在采访讲述中她笑着说:"我就套用《习近平的七年知青岁月》中要过的几个关口来说明自己下乡扶贫的切身体验吧。"

一是语言关。骆驼湾村位于太行山脉的深处,属于晋冀两省的交界点,河北口音中夹杂着一点山西口音,这对我一个土生土长的辽宁人来说,刚开始的时候听懂当地的方言还真有点困难。我对这种语言的学习还有别于学习英语,因为没有一本教材会教你说阜平话。每次参加完村两委会议后,我都要把会议记录看上好几遍,再反复琢磨大家的发言。跟老乡聊天的时候我也尽量放慢语速,听不懂对方话的时候,就请人家再说一遍,这样久而久之,我就能理解对方的意思了。

二是生活关。刚到村里的时候,我们几个人吃住不在一起,我住在村委会里,吃饭要自己做,我们驻村工作队在村幸福院(养老院)有一间小厨房。我以前在学校、单位习惯了有食堂到点吃饭的生活,如今,什么都要自己动手。好在队长和队友在生活上给予了我很多的照顾,做饭的时候,我也只是打打下手。还记得第一次削土豆皮的时候,因为操作不熟练,好几分钟都没弄完。那时候宿舍的水管还没有通,每天的生活用水都是从幸福院的水管接了然后提回宿舍。一个水桶盛满了,少说得有二十斤,我两只手提着半桶水走一趟都很踉跄。很多时候都是队长和队友打水的时候,多提一桶放在我的门口,每次心里都特别感动。后来宿舍的用水解决了,厨房也搬到了宿舍旁边,在村委会的支持和安排下,我们的生活条件有了很大的改善。

三是虫子关。骆驼湾村海拔高,森林覆盖率高,气候潮湿。我们住的地方夏天室内湿度能达到80%以上,虫子多,也易生霉。这样的自然环境给生活带来了一些困扰,换洗的衣服三五天都干不了不说，筷子只要短时间不用就会发霉，不知名的虫子会冷不丁地出现在墙壁、地面甚至床单上，睡觉起来身上有时还出现了叮咬的痕迹，但是找不到元凶。后来我们把木质筷子换成了铁筷子，把能拿回家换洗的衣服尽量拿回去，时间一长，我对虫子见多了也就见怪不怪了。

四是思想关。物质上与生活上的困难都容易克服，最难的还是克服各种情绪。今年的驻村工作不同于以往，高标准、严要求、时间长。高标准是因为我们不仅要完成脱贫攻坚任务，还要奔着建设小康村的目标奋斗；严要求是省委组织部规定每名驻村队员每月在村里时间不少于25天，实行定位打卡签到制；时间长就是驻村3年。这不仅对我的工作能力是一种考验，也是综合素质的试金石。我来到农村要适应与之前完全不同的环境和工作性质、节奏。既然选择了这条路，我就要坚定地走下去，虽然假期、周末可能需要值班，不能与远方的家人团聚，但是在沉淀自身、扎根基层方面我是问心无愧、尽职尽责的。

乡亲，因为在一起所以亲

在谈到驻村扶贫的具体工作时，唐超男对我们说："我们走访入户摸底，是驻村工作的基础，表格中每一栏的数字，都是通过驻村队员的两条腿跑来的。我们和村民在一起交谈，更有助于全面地了解村情和百姓的真实生活状况，同时也能向村民宣传扶贫政策，促进各项工作的开展。"

在与村民接触中，唐超男体会到乡亲们的淳朴与热情。2018

年8月7日龙泉关镇开展党员活动日活动,乡镇干部、驻村工作队开展进村入户调研走访活动,询民生、问困难,与群众聊家常,并为百姓打扫卫生,同做同吃同劳动。

那天,早上还飘着小雨,唐超男往她帮扶的贫困户唐云海家走去,远远地就看见唐云海在家门口摘韭菜,已经开始准备做午饭了。唐超男知道他患有眼疾,视力不好,看东西需要贴很近才能看清。那天他俩边干活边聊天,说了很多掏心窝的话。唐云海告诉她说,他在上有老母亲下有孩子的年纪,因为眼疾基本失去了劳动能力,日子过得并不太富裕。唐超男在去他家里吃饭的时候,唐云海却准备好了包饺子的材料,还特意托人买了羊杂和凉菜,那顿午饭吃到了下午两点多,亦饱含了浓浓的干群情谊。他还说,如果过年时唐超男在村里值班,就邀请她来他家过年。

在入户帮扶中,还有一件事让唐超男深受感动。按照县里的"七上墙"要求,需要帮扶人与脱贫户的一张合影。唐超男来到唐荣兰家照合影的时候,她正坐在自家的门口筛米。八十岁的老人在得知她的来意以后,慢慢地站起身,用扫帚掸落了裤子、衣服上的米糠,回屋又打了一盆清水。这位大娘的手上还贴着创可贴,刚被门框划伤本不应该沾水,她为了照合照还是洗了洗手,又捋了捋头发,做完这一切之后才站到门口,和她一起照了这张合影。那天,她走过了好几户以后,脑海中还是不断回放着唐大娘的动作,她为了配合我们的工作,是那样的庄重。

在骆驼湾村,"唐""陈"两家是大姓,人口比较多,因此,听说这届驻村工作队有一个姓唐的人,很多大爷大妈就开始打听她。每次入户,哪怕他们记不住唐超男的名字,也知道她叫小唐,或者拍拍肩膀跟她说:我认得你,咱俩一个姓。那种熟悉的感觉就好像她也是这个村里长大的孩子一样。如果是因为假期或是出差离开了村里几天,回来的时候村里人也一定会问她,最近干吗去了,好久没见你了之类的话。这一句亲切的问候,让唐超男的心里感觉温暖了起来。

  唐超男知道在驻村扶贫战斗中,未来她能做的工作还有很多。在采访结束时,她目光坚定地说:"今后,我要努力完成的主要任务是旅游宣传和网上营销,现在我已经为骆驼湾村申请了微信公众号,以后不定期发布各类村内活动、驻村工作、村民专访等文章,将骆驼湾村的新风采新风貌,通过网络途径宣传出去,我们这个工作号的定位旨在贴近生活、贴近村民、推广旅游,增加骆驼湾的知名度,吸引更多游客前来观光。同时我们也努力将本村的土特产与文化产品打造成乡村名优品牌,打开市场,精心包装销售出去。我希望自己做一个有担当、有作为、有贡献的驻村扶贫工作队员。"

两个"明星"村民的幸福生活

(一)

2012年冬天,骆驼湾村年近七旬的唐荣斌,还住在20世纪60年代翻盖的黄泥墙老房子里。木门已经裂开了缝,刺骨的寒风嗖嗖地往屋里灌,花格窗外边用塑料布、里边用发黄的旧报纸糊着挡风寒。一家人过着以土豆和玉米糊糊为主食,咸萝卜条做下饭菜的清贫生活。

山里人为了节约粮食,冬季没活干的时候很多人家每天还少吃一顿早饭。唐荣斌一家人期盼着能住上新房子,每天能吃上大米饭、白馒头,生活再强点一天还能吃上两顿有盐有醋的热炒菜。这样的美好生活,唐荣斌老汉祈盼了一辈子。

让唐荣斌做梦也没想到的是:2012年12月30日,习近平总书记顶风冒雪,专程来河北省阜平县考察扶贫工作时,从北京来的习总书记竟坐到了他家的炕头上。

唐荣斌满脸红光地回忆说:"那天来的人挺多,饿(我)看屋里的地上站不下了,就上了炕。饿(我)上炕,总书记也上炕坐下,刚开始心里也挺紧张的,说心里话,老百姓见着这么大的官,谁心里不是既噗疼(高兴)又有点紧张呢。总书记进屋还不到两分钟,聊了几句家常话,就感觉他像老熟人、老朋友一样亲近了,总书记还关心地问了饿(我)们的生活和饿(我)的身体怎么样。总书记临走时,他又去里间屋看了看,饿(我)家当时刚吃了饭,还没收拾锅碗哩,铁锅里留着土豆、玉米面饼子。总书记拿了个土豆吃了一口,饿(我)问他好吃不,他说好吃好吃。"

唐荣斌还告诉习近平总书记说,他有四个娃,都在外地工作,儿子和儿媳在城里打工,小孙子现在去了县城上小学。他至今都记得总书记语重心长地叮嘱他说:"老唐,你要把小孙子教育好,希望在下一代,下一代要过好生活,首先得有文化。"

总书记来到骆驼湾村,让群众备受鼓舞。为了脱贫致富,在政府和驻村工作队的扶持下,养牛、养羊、养猪,一个个养殖合作社相继成立了,干劲十足的唐荣斌也买来9头牛、6只羊,准备大干一场。由于缺乏经验和专业养殖技术,再加上新买回来的牛、羊水土不服,让他们这一批在早期搞养殖的村民,赔了不少钱。

唐荣斌叹了口气,指着曾经养过牛、羊的旧址说:"那里边不是还有牛羊圈吗?当年,刚买回来3天,也不知道怎么回事,牛就疯闹开了,疯闹了2天就拐了俩(方言,指两头牛的腿瘸了),没待几天又半夜里跑了一头,我一看不行,咱养不了这物件,赶紧贱处理吧。"

时间不长,骆驼湾村的牛病了、羊没了,猪场也空了,这一连串的意外打击，让乡亲们垂头丧气，很多人不得不背起行囊，再次选择外出打工。

在有的村民养殖创业失败后，留守村里的群众就产生了"吃现成的"、怕担创业风险的保守思想。上级党委、政府和驻村工作队，在总结先期扶贫工作的经验教训基础上，秉持"授人以鱼不如授人以渔"的发展扶贫思路，开始把更多的财力物力投入到为老百姓搭台铺路上，尽量降低市场风险，把技术培训工作先做扎实。这叫扶上马再送一程，然后再让群众放开手脚去市场上拼搏，依靠自己的双手创造幸福的生活。

据有关权威机构的统计资料介绍：2013年以来，阜平县直接进行的基础建设投资，同样给当地人的生活带来了实实在在的变化——累计投资17.19亿元完成533.5公里通村公路建设，累计投资5715万元解决县城内饮水安全问题，累计投资2.21亿元完成普通电网、网络基站建站……

驻村工作队通过邀请专家实地调研，带着致富能手外出学习，按照"政府+金融+科技+龙头企业+基地+农户"的发展模式，着手平整河滩土地，搭建香菇大棚，培育食用菌种植产业，将种植与旅游、林果业、家庭手工业、电商产业、特色养殖业等，并列为帮助贫困农民脱贫致富的主导性产业。

"这油条就是今个早晨，从镇上过来的小贩那儿刚买回来吃的。"唐荣斌指着桌上放着的一兜刚拿回来的油条说，"现在公路修好了，咱村里人手里有钱了，从龙泉关镇上还有县城来这里做买卖的商贩，自然一天比一天多了。以前村里人哪儿吃过这么好的东西呀,现在生活好了,咱想吃什么不出村都能买到,说起来方便得很,俺也舍得买、舍得吃啦。"对习惯了喝玉米糊糊吃老咸菜下饭的上一辈人来说,现出锅的油炸食品,确实是他们眼馋的奢侈食品。

当我问起唐荣斌住院治疗的医疗费用问题时,他一脸荣光地说:"咱是个种地的农民,这前半辈子,都没敢想过养老金和医保会跟饿(我)有啥关系,现在每个月都有几百元给打到卡上。"唐荣斌身患脑血栓,常年吃药,有时还需要住院治疗,他说:"前两年,饿(我)得病以后,最担心的是住院治疗的费用高,家里担负不起,现在的政策好,费用都给解决了。"

近几年,阜平县试行对参加新农合的大病患者及特殊慢性病患者进行就医补偿政策,并对60岁以上参合人员,在县城内住院治疗发生的正规医疗费用100%予以补偿。这项惠民政策,解决了贫困农村群众看不起病的问题,让基层民众充分享受到了国家改革的红利,让基层民众拥有健康生活时更有了满满的获得感。

唐荣斌家的旧屋紧挨着村口,门外的高台下就是进骆驼湾村的公路。前几年,这条通村的水泥公路只有4.5米宽,现在已经变成了9.5米宽的省二级柏油路,道路平坦又宽广,直通382省道。唐荣斌感叹道:"当年总书记那么早就来了,路难走肯定受罪了。现在总书记要再来骆驼湾村,可真的方便得很了。"

2015年,唐荣斌的老屋得到了翻修,屋顶被抬高了10厘米,虽然,他家的外墙依旧保留着传统太行民居的黄泥色调,但建筑

骆驼湾村的"一号院"

材料已经不是泥土。现在旧屋被改造成了具有保温隔热功能的新民居。自从村里搞起了旅游业,这所旧宅院被称为"一号院",已成为游客参观的热点景观。唐荣斌说:"我把自家的3间旧房出租给了村集体的旅游公司,一年的租金有5万元收入,我挺满足的。另外,我还把自家承包的10多亩土地流转出去种植高山苹果,从2015年开始,每年有1万多元的收入,将来还有分红。这日子都是托了总书记精准扶贫政策的福。"

据曹建平介绍,目前,骆驼湾村共有700亩土地流转到了农业生产公司,涉及全村245户563人,流转的土地被用来发展食用菌种植和林果种植,这样的土地流转能让村民挣上地金、劳动的薪金和年底的分红等多笔经济收入。

当年,习近平总书记到骆驼湾村走访慰问时,看望的第一个贫困户就是唐荣斌。这几年,从中央到地方的各大媒体记者,纷纷来到骆驼湾村采访,唐荣斌成了记者们争相报道的新闻人物之一。

如今,唐荣斌的新家早已搬入一座古色古香的二层小楼,在宽敞明亮的新家里,当年总书记盘腿坐在炕上和老唐拉家常的照片被放在显眼的位置。家里还添置了大冰箱、平板彩电和新的沙发与家具,屋里收拾得干干净净,窗明桌亮,一家人过上了幸福的新生活。

说起这几年骆驼湾村的巨大变化,唐荣斌感慨地说:"就跟做梦一样,真是一步登天了。"

唐荣斌还在自家的新楼房里,刚开办了一家有特色的农家乐,他的女儿一脸掩饰不住的笑意,把一桌色香味俱佳的饭菜,热情地端到游客面前。唐荣斌对远方来的客人,说起当年习总书记来家看望的场景,还是眼里闪着泪花激动得很。他说:"那天,总书记就拉着我的手,问我吃得好不好,我家吃的是蒸土豆,习总书记还亲口尝了一块,你看这大照片,他还盘起腿坐在土炕上跟我拉家常话,真是平易近人啊。"

唐荣斌指着自己住的二层新楼对客人说:"如果,没有党和政府的帮扶,咱山里人下辈子也住不进这么好的楼房。这几年,在美丽乡村建设中对需要新建的房子,政府给补贴2.8万元,对需要维修的政府补贴9000元,不论新建还是维修,阜平县财政还会另给予每平方米240元的补贴。另外,为了让乡亲们省钱,又能住上最舒适的好房子,阜平县金融办还优先为建档立卡的贫困户办理'三户联保'贷款。说句掏良心的话,党和政府对老百姓是真好,什么事都替咱想得周全,这好光景让我越活越觉着幸福!"

(二)

群山环绕的骆驼湾真是个好地方,抬头看白云在青山间飘荡,低头又见云朵在清澈的溪水里流动,一年又一年,花开了又谢,山绿了又黄。贫穷这根又软又紧的"捆仙绳",却让年轻人再也不能忍受,他们每年一过正月十五,就背起行囊纷纷外出打工。

唐宗秀和老伴不忍心看着承包的土地撂荒了,才努着劲在山坡上磕磕绊绊种点土豆、玉米、白菜、萝卜什么的,人老了算是有个活干。老俩口望着贫困、破旧又空落落的村庄,他们也在想:骆驼湾年轻人都出去了,这以后的穷日子该咋办呀?

从2012年12月30日开始,唐宗秀和骆驼湾村人的命运发生了巨大变化。在《新闻联播》节目上,全国的电视观众在同一时间看到习近平总书记踏着皑皑白雪,来到太行山深处的骆驼湾村,唐宗秀满脸笑容,亲切地挽着总书记的手臂走过黄泥墙的画面,让观众印象特别深刻。

唐宗秀至今回忆起当年的情景,仍然显得特别激动,她告诉我说:"那天,俺挽着习总书记的手来到家里,他坐在俺家的热炕头上,跟来走亲戚的人一样,关心地问俺家有几口人以及收入的情况。俺一个农村老太婆,做梦也不敢想,俺这辈子还能跟总书记面对面地唠家常。"

习总书记给唐宗秀留下的最深的印象是:总书记临出门时,

看到俺家灶上的锅里正煮着猪食，便拿起猪食和俺一起去喂猪。俺当时非常吃惊地问："您也会喂猪啊？"总书记笑着回答："我也当过农民，当然会了，我还会干很多活呢。"总书记也当过农民，听了这句话，我感觉，咱种了一辈子地的老农民脸上也有光了。

唐宗秀家是当年习近平总书记在骆驼湾看望的第二户人家。如今，她家作为骆驼湾村首批改造提升住房的受益农户，当年破旧低矮的泥土小屋，在2016年11月初已经变成了青砖、灰瓦、黄泥墙、塑钢窗的六间明亮的大瓦房。

这几间宽敞的新瓦房，虽然外墙还保留着传统太行古民居的泥黄色，但建筑材料不是过去就地取材的泥土，而是新型的高科技保温材料。唐宗秀家炕头处的墙壁上挂着一幅总书记和夫人的彩照，显得特别亮眼。大瓦房里添置了沙发、彩电、家具和家用电器。室内厨房、卫生间一应俱全。过去烧煤取暖的火盆已经淘汰了，取而代之的是村里统一安装的空气源热泵，冬天屋里可达到20多摄氏度，非常的暖和。

唐宗秀一脸幸福地笑着说："这六间大瓦房，建好了共花费20多万元，自个家出了还不到5万元。"她一五一十地接着说："自家建房出的部分钱是村干部和驻村工作队帮着办理的贷款，按照政策，3年内还清了本就不用付息了。"

年过七旬的唐宗秀老俩口，就是靠土地流转实现了脱贫，一年的土地流转金有近6000元，再加上她和老伴的养老金也有2000元的收入，将来流转的土地有收益了还可以分红。现在骆驼湾的村民，已经实现离地不失地，村民向股东的转变，唐宗秀和老伴再也不用"在土里刨食"，过穷苦的日子啦。她老伴说："现在有力气就做做零工，以后没力气了就休息，生活有了保障，日子就越来越幸福了。"

唐宗秀对今后的生活更是充满了憧憬，她在采访中对我说："现在村里条件好了，房子新了，大宽马路也通顺了，山上的花草多了树更绿了，来村里旅游观光的客人越来越多，我家在新房子里也开了个农家乐。俺今天就想对总书记说：请总书记放心，咱骆驼湾已经脱贫了！等总书记有时间了，一定要来俺家的新瓦房里看看，吃吃俺做的农家饭。咱老百姓永远记着您的恩情，还是您领导的共产党好，为群众办好事。"

当我问起唐宗秀大娘有什么愿望时，她高高兴兴地说："我想托总书记的福，要活到一百岁，这样的好光景真的越过越幸福。"

春暖柳绿燕飞来

（一）

骆驼湾村外的溪水清清，闪动着粼光波影，映照出群山耸立的雄姿，鱼儿在水中游，鸟儿在树上歌唱，春天从柳树梢上来了，春天从野草药的宿根中来了，春天从南来的风里来了，春天从燕子的回归中飞来了，骆驼湾的春天化作温暖和嫩绿的色彩，还化作幸福的微笑，在美丽乡村建设中，骆驼湾人艰苦创业的种子，仿佛正悄悄地萌发嫩芽，使劲顶出地面，在精准扶贫的春风喜雨里舒展开青翠的枝叶。

李爱民，今年39岁，瓦窑村村民，1998年初中毕业后外出打工，2013年春天，李爱民带着老婆孩子回村创业，他利用自家临街新建的二层住宅楼，在村里带头办起了农家乐，每年的5月至10月是营业高峰期，"财神爷"来家里做客，这让李爱民和媳妇王雪莲忙里忙外，脸上笑开了花。

李爱民是家里唯一的男孩，他初中毕业时，两个姐姐已经出嫁了。他知道自己没什么文化和专业技能，但他长得身强力壮，胆大敢闯。他知道"人不怕笨，就怕混"这个老理儿。

当年，李爱民刚到北京打工的时候，也是举目无亲，两眼一抹黑，他在车站干过又苦又累的装卸工，还给物流公司开车送过货，也在流水线上打过包装箱。

骆驼湾的青年小伙子，外出打工有两个现实目标：一个是挣钱养家，另一个是想方设法划拉一个姑娘娶回来当老婆，或者去做个干活出力气、说话不顶事的"上门女婿"。一方水土如果养不了一方人，说一千道一万也没用处，有想法有本事的年轻人，谁愿意在这穷山沟里混一辈子呀。

李爱民膀宽腰粗，脸颊黑红，两道浓眉透着一股北方大汉的豪迈气概。他进京打工时间不长，跟着一个好哥们来到一家小服装店找这哥们的女朋友玩。这家临街的服装店门面不宽，只有两名女推销员，那天，顾客稀少，这哥们和女朋友一见面，就亲热得不行，两个人眉目传情地聊了起来。李爱民第一眼就被另一个圆脸、白净又身材苗条的姑娘给迷住了，他仿佛看见了好吃的菜，怎么也不肯撂筷子了。

李爱民厚着脸皮大着胆子，上赶着找人家姑娘套磁（套近乎）。在闲聊中，他摸清了对方的底细：姑娘是四川绵阳人，比他还小一岁，一年前，从老家投奔姑姑来北京打工，最让他兴奋的是这位叫雪莲的漂亮川妹子还没男朋友，这真是天赐良缘。但是，他心里暗自一思忖，就又凉了半截，人家长得这么好看，会跟咱这一个钱顶着仨汗珠挣来的打工仔交朋友吗？反过来一想，都是一个太阳底下的人，咱也不缺胳膊不短腿，凭力气吃饭挣钱光明正大，只要一心一意对她好，用水滴石穿的方法下功夫去追她,不管她是从天上掉下来的,还是从地下冒出来的,咱给她来一个瞎子牵驴不松手,哪个姑娘心上没杆秤,谁真心对她好还能不清楚?老家人都说甜瓜小时候是苦的,葡萄青时是酸的,只要打动了姑娘的心,自然就会收获甜蜜的爱情。

李爱民悄声告诉我说:"人心都是肉长的,我没什么文化,家里又穷,也没什么高招施展,就会老老实实,腿脚跑得勤快点,有时间就请她出来吃吃饭,顺便给她买点喜欢的东西。工作忙了见不着面,就在电话里多聊天关心关心她呗。这一来二去,俺俩就搞上对象了。"

王雪莲红着脸回忆说:"爱民,人厚道实在,知冷知热的,他对朋友义气、对我体贴,那时候他追得我挺紧的,其实,第一眼我也挺喜欢他身上的男子汉劲儿,一个女孩子出门在外的,谁不愿意找个能依靠又爱你的好男人。"

李爱民、王雪莲夫妻一起摘菜

王雪莲的母亲对女儿交的男朋友,态度是坚决反对,因为她从地图上看到阜平是深山地区,距离四川绵阳太远了,交通不方便。母亲主要还是嫌李爱民家里太穷了,他家条件还不如自己家好哩,这不是睁着眼睛看着女儿跳穷坑受苦吗?

在李爱民和王雪莲的坚持下,她母亲从千里之外来骆驼湾村替女儿相亲。她下了火车倒汽车,从汽车里下来又坐上小拖拉机,在泥泞曲折的山路上左绕右拐,折腾了半天,身上的骨头都要颠散架了,太阳落山前,才走进了破旧穷困又闭塞的骆驼湾村。

她母亲没有过来看时,心眼里还在左右为难地敲小鼓,这进村一看就一锤定了音,她横下了一条心,坚决不同意这门婚事。

民谚云:天上银河纵隔断,人间自有鹊桥通。李爱民也知道"一根竹竿容易弯,三股麻绳难扯断"的道理。他一方面做通了雪莲姑姑的思想工作,让长辈帮着说好话,另一方面不断给她的母亲往绵阳汇钱、打电话问候。经过两年多的全方位攻坚战,雪莲的母亲终于松了口说:"在北京打工,买了房子结婚可以,但不能让俺女儿回那老山沟里去受苦。"

2001年,李爱民如愿娶了王雪莲做妻子,夫妻二人在北京租房生活,两个人在北京打工,虽说合起来一个月也有万八千块钱的收入,但是生儿育女以后,各项开支增加了,就好比是半路遇上了财神爷,钱还没进家门,刚从左手进来,接着又从右手扔了出去。李爱民夫妻俩也在想,一辈子在外漂着打工也不是个长法。俗话说,兔子沿着山跑,早晚还得归旧窝哩,以后老了可怎么办呢？

这游子的心就好比大雁飞千里，永远惦记着芦苇荡呀。2012年冬天，总书记来到骆驼湾看望贫困群众的消息，让李爱民和他的爱人看到了回乡创业的希望，在自家的一亩三分地里，天时、地利、人和与好政策都占全了，如今，正是脱掉帽子看高低，挽起袖子亮本事的时候。俗话说，就是天上掉金子，你自己也要起得早才行呀，如果前怕狼后怕虎，就别在山上住。骆驼湾人盼星星、盼月亮，好不容意盼来了驻村工作队来扶贫。李爱民当机立断，领着老婆、女儿和儿子，在2013年春天回到骆驼湾村创业。

有人说，创业就是自己画下个圈圈往里钻。光嘴皮子上说不算，幸福生活是干出来的。老百姓说，好蛋坏蛋，孵出小鸡来才能算。王雪莲是个聪明孝顺的好媳妇，心灵手巧，还能烧一桌色香味俱全的可口川菜，这为李爱民开办农家乐、招待四方游客打下了基础。

李爱民是个爽快干实事的人，在驻村工作队和骆驼湾村干部的帮扶下，他拆掉临街的老房子，在原址上很快就建起了上下各六间的二层小楼，一层的六间开农家乐饭店，二楼给自家老少三代人居住。

2013年5月，李爱民夫妻俩开办的"裕荣农家乐"在村里人惊叹的目光中，开门试营业了，老板娘亲自下厨掌勺，李爱民站在门口招呼游客，家里老人也帮着洗碗、择菜。这真是活财神爷来到家门口，一家人笑脸盈盈出来接客人。这第一年开张大吉，李爱民家的饭店在村里闯出了好名声。为了品尝老板娘的拿手正宗川菜，很多远方的游客都是慕名而来。

　　李爱民在采访中说："致富的路，要靠自己一步一步地走。我就不信回村不能创业致富，猴子还可以翻筋斗耍把戏挣钱呢？我们年轻人正赶上了党的致富脱贫好政策，只要看准了目标下死劲，还能干不出一番事业吗？"

　　2015年，李爱民在自家小楼的后院，又投资40万元（其中有驻村工作队和村干部帮助协调的20万元低息贷款）新建了楼房，上下共有12间客房。老板娘王雪莲脸上泛起幸福的红润，她轻声细语地说："四川人常说，果子离不开枝，瓜儿离不开蔓。在骆驼湾俺是个外来的媳妇，这穷山村能过上今天的好日子，真的都是托了总书记的福！"

　　李爱民底气十足地说："骆驼湾把旅游事业做大了，城里来观光休闲的客人多了，我家的生意肯定会越来越火。我们计划明年五一旅游高峰期到来之前，把丈母娘和小舅子都请过来帮忙。再外聘俩高级厨师，把这正宗川菜的品种、品质和口感再往上提升个档次，欢迎各位朋友来观光品尝。"

　　我开玩笑地问他："哎呀，你把人家姑娘从北京领到骆驼湾这老山沟里来了，老丈母娘还不跟你急红了眼？"

　　李爱民笑着说："那都是十几年前的老黄历了，早就不说也不看了，孩子她姥姥人心眼不孬，现在可愿意来咱骆驼湾住哩。她说咱这山里人实在又好客，夏天凉爽，冬天屋里暖和，好山好水适合养生，比南边那夏天潮湿、冬季阴冷的鬼天气强多了，在骆驼湾守着闺女、女婿和晚辈的外孙男女们，让她一辈子心里都乐和。"

春风吹绿了骆驼湾的山山岭岭，清澈的小溪唱着欢快的歌儿流向远方。一批又一批像李爱民这样的青壮年，领着妻子儿女，整理好了行囊，从打工的繁华都市，又回到了充满希望的美丽村庄。望着归来创业的儿女们，年迈的爹娘站在骆驼湾村的大路旁，满脸的皱纹舒展得如同一朵朵盛开的菊花。

（二）

在改革开放的最初岁月里，骆驼湾人依靠种两亩承包地，吃饭、穿衣是不成问题的。原先贫穷，村里人也承认穷，但是，不承认是病。其实，就整个封闭保守的骆驼湾村而言，贫穷也是思想病，而且是一种阻碍精准扶贫的疑难顽症。从外表看，人多地少，山高路险，自然环境恶劣，村里缺少年轻人，姑娘远嫁他乡，小伙子下山做上门女婿也走了，外出打工创业的人，在城里娶妻生子，买房安家也不回来了……从根里看，是眼光短浅，缺少技能，信息不灵，创业没本钱，胆小怕风险。现在骆驼湾已是旧貌变新颜，路通了，街宽了，房子翻新了，食用菌大棚建起来了，光伏树栽上了，旅游开发项目正有计划大规模推进……这让骆驼湾人看到了上级党和政府还有驻村工作队是真扶贫来了，而且，来的是一群能人，在美丽乡村致富奔小康的路上，群体拥有一种攻无不克的力量。

在机遇面前人人平等，只有振奋精神，发愤图强，人人努力，家家开源，争先创业，才能在致富奔小康的路上，把骆驼湾变成富裕文明的新农村。

青砖灰瓦花格窗，黄泥墙院花果香，石板小巷深又长，平坦村街通四方，背靠青山溪水唱，眼望白云山间飘。走进骆驼湾村，一派古朴典雅的北方山村景象迎面而见。生活在这里的人们，在早晨有清露的滋润，到黄昏有晚风的温存，好似人间仙境一般。

骆驼湾村的新民居改造提升项目已接近尾声，这里的新民居兼顾村民居住方便、民俗景观优美和民宿发展的三大需求，把美丽乡村建设、旅游产业发展与精准扶贫攻坚密切结合了起来，为长远发展乡村民宿游打下了基础。

秀美的自然风光，丰富的山泉资源，66.4%的森林覆盖率，毗邻天生桥景区，拥有古长城岭、空中草原等旅游资源优势，骆驼湾村的乡村旅游业，已经红红火火开展了起来。

从骆驼湾村出发，沿着公路向南走约一公里，我们来到骆驼湾下属的一个自然村瓦窑，平坦的乡村公路，已经通向几公里外的"空中村"辽道背。（"辽"在当地群众的口语中，就是绕来绕去盘着圈走的路。）说起自然风光优美的辽道背，它在游客中的名气非常大。

在瓦窑村开办农家乐的老板娘翟艳玲告诉我说："那边（方言，指辽道背）南面与玫瑰坨相连，西面是佛教圣地五台山，东面是天生桥瀑布，周围还有茂密的原始次生林，林中生长了很多名贵的中药材，就连山上流下来的泉水，都有一股子药香味，据说喝了这山上的药泉水还可以治百病哩。"

老板娘翟艳玲是安徽人，今年30多岁，她和老公刘永刚是在外出打工时处上的对象。2009年,安徽姑娘翟艳玲嫁给了骆驼湾的小伙子刘永刚。当年,还没过门的时候,她跟着男朋友回老家时的情景,至今还印象深刻:那几年,村里还没修路,村里的土石道坑坑洼洼不说,还有很多段是上坡下岗的破烂路,我要是穿着高跟鞋进村准得崴了脚丫,就冲这交通不方便的路、低矮潮湿又破旧的老房子,我心里想别说在这穷山沟里定居,下次也绝不跟着他回来了。如今,时过境迁,这位心灵手巧见过世面的外来姑娘,却成了这栋二层小楼农家乐的老板娘,名副其实的新骆驼湾人,还在这里相夫生子,创业致富了。

翟艳玲接着回忆说:"2008年,我第一次来,这里根本看不到年轻人和街里跑着玩的孩子,听说村里的小伙子在本地都娶不上个媳妇,骆驼湾的姑娘们没一个在村里处对象结婚的。各家屋顶和窗户上都钉着白塑料布遮风挡雨,全家人围坐在土炕上的一个小桌旁喝玉米糊糊,吃土豆蛋儿,这哪里是人过的日子呀!"翟艳玲笑着说: "那会儿,要让父母看见了,肯定是很心疼我的。"

结婚后,翟艳玲、刘永刚和骆驼湾村里大多数年轻人一样,背起行囊,又选择了外出打工谋生。刘永刚是个心勤手巧又有头脑的小伙子,他在事业上一步一个台阶,曾经在北京做过看大门的保安,做过单位主管财务的会计,当时,单位甚至要提拔他做主管生产的厂长。刘永刚在总书记视察骆驼湾后,看到了脱贫致富的希望,他想回乡创业,但是,媳妇翟艳玲坚决不同意。

刘永刚是个聪明的年轻人,从党的惠民政策,骆驼湾的自然资源优势，到新农村的远景发展规划，他把将来的幸福生活讲得有眉有眼又有嘴儿，媳妇终于被他说动了心。

翟艳玲家经营的农家乐，也得益于党和政府对贫困户建设新房的资金扶持政策。2015年刚开业时她家仅有一层300平方米的楼房，随着客流量不断增大，翟艳玲笑着说："一层楼房已经不够用了，我们很快又加盖了第二层楼房。"

刘永刚夫妇开的农家乐，饭菜实惠又便宜，主要接待对象是自驾游的驴友和休闲养生的客人。每年到旅游旺季，许多游客都要通过电话或网上预约。小俩口开了农家乐做生意，在自家院里就能挣钱，以前在外地吃苦受罪打工时，这样的好事做梦都不敢想。

随着回乡创业的日子一天比一天好起来，翟艳玲脸上洋溢着幸福的笑容，她说："其实，在北京给别人打工挣钱，自己家花费也挺大的，一年到头也剩不下几个钱，今年的农家乐盈利就有十几万元。现在村里有了这条掏金的道儿，年轻人谁还愿去外边打工哩。"她又接着对我们说："老辈的人说，金窝银窝不如自己的狗窝，那是故土难离。现在的骆驼湾与往年不一样啦，再也不是破烂的旧模样，是一座城里人向往的美丽乡村，这里山青水秀风光好，有了哥哥也不愁嫂了。现在割断了穷根儿，咱骆驼湾的姑娘要结婚也不出村了，村里的小伙子你不抢着找，像我这样的外地姑娘，可就挤着头飞进来了。"

如今，骆驼湾村在精准扶贫、建设小康社会的伟大历史进程中才迎来了真正的春天。柳绿溪水流，青山白云绕，百鸟欢声唱，花开蝶自来，从南方翩翩飞来的燕子，已经开始在骆驼湾的新民居屋檐下，衔泥筑巢，繁衍生息。

骆驼湾人笑迎着从四面八方纷至沓来的游客，在明媚的春光里，仿佛把欢声笑语、白云林海、峡谷飞泉、古村新貌，村街上的石碾、水槽、古井和远处的空中草原，长城岭上的烽火台，雄伟壮丽的龙泉关与冰消雪融的青山，还有山坡上含苞欲放的野杏花，交融在了一块，相互辉映，呈现出一幅人与自然融为一体的美丽乡村画卷。

骆驼湾村扶贫大事记

(2012 年至 2020 年)

2012 年

2012 年 12 月 30 日,习近平总书记到骆驼湾村慰问看望困难群众,提出"只要有信心,黄土变成金"的重要论述,吹响了全国扶贫的号角。

2013 年

2013 年 3 月,省委办公厅驻村工作队进村开展扶贫工作,完成了骆驼湾公园、仙山公园、旧村委会改造等。

2014 年

2014 年 3 月,省委办公厅驻村工作队进村开展扶贫工作,完成了骆驼湾村民饮水工程。

2015 年

2015 年 3 月,先后有阜平县司法局、河北省住建厅两个驻村工作队进村开展扶贫工作，开始了土地流转和美丽乡村建设的准备工作，并建成了75个香菇种植大棚。

2016 年

2016年3月，河北省住建厅驻村工作队进村开展工作，开始美丽乡村建设。

2017 年

2017年3月，河北省畜牧兽医研究所驻村开展工作，7月份村党支部换届，选举出新一届支委班子，同时推进美丽乡村建设。

2018 年

2018年3月，由河北省畜牧良种工作站和河北省能源局组成的混编工作队进村开展工作，为期3年。2018年5月4日，在省能源局扶贫干部黄文忠同志的带领下，骆驼湾村注册成立了第一个村集体企业：骆驼湾实业发展有限公司。

2018年5月20日，村委会换届选举，选出新一届村委班子。

2018年6月7日，在黄文忠同志带领下，全体村民大会，举行了骆驼湾实业发展有限公司开业典礼暨中国中铁衡水电气化学校骆驼湾村剩余劳动力再就业技能培训签约大会，村集体经营的骆驼湾大酒店开始营业。

2018年6月8日，在黄文忠同志带领下，骆驼湾村举行了第一届旅游文化节。

2018年8月,省能源局引进的两棵光伏树并网发电。

2018年10月,阜平县阜裕公司建成了骆驼湾小院、小吃一条街、回家吃饭、阜平年俗文化馆等一批旅游业态。

2018年11月,建成骆驼湾村使馆。

2018年12月13日,《人民日报》刊登了《阜平不富非好汉——黄文忠驻骆驼湾帮村民脱贫致富纪实》。

2019年

2019年1月22日,骆驼湾实业发展举行了第一次分红大会,覆盖了全体村民,骆驼湾村民第一次拿到了村集体的产业分红,28日《经济日报》以《骆驼湾村:村民拿到了分红款》进行了报道。

2019年2月6日,《河北日报》头版刊登《骆驼湾变成"幸福湾"》。

2019年2月15日,《人民日报》刊登了《河北阜平县骆驼湾村——多措并举促增收》。

2019年3月28日,《人民日报》刊登《河北阜平骆驼湾村——光伏树让乡亲们持续增收》。

2019年3月,河北省能源局驻骆驼湾村扶贫干部黄文忠被评为敬业奉献类"时代新人·保定好人"。

2019年3月,河北省能源局驻骆驼湾村扶贫干部黄文忠被评为敬业奉献类"时代新人·河北好人"。

2019年5月，河北省能源局驻骆驼湾村扶贫干部黄文忠被评为敬业奉献类"时代新人·中国好人"。

2019年5月，建成骆驼湾扶贫文化创意馆。

2019年9月，河北省能源局驻骆驼湾扶贫干部黄文忠被评为保定市第七届敬业奉献道德模范。

2019年10月，骆驼湾集市电商平台上线运营，让骆驼湾农产品走向北京市民的餐桌。

2019年，骆驼湾村被评为河北省乡村旅游重点村。

2019年，骆驼湾村被农业农村部评为中国美丽休闲乡村。

2020年

2020年1月5日，骆驼湾实业发展有限公司举行第二次分红大会，每人分猪肉15斤，全村共分了9000多斤猪肉；

2020年1月6日，河北《经济日报》以《分红——骆驼湾迎来幸福年》进行了报道。

后　记

2012年12月30日，习近平总书记在阜平县骆驼湾、顾家台村的考察扶贫工作中强调说："没有农村小康，特别是没有贫困地区的小康，就不可能建成全面小康社会。一定要想方设法尽快让乡亲们过上好日子。只要有信心，黄土变成金。"新时代脱贫攻坚的战斗号角已经吹响了。

日月如梭，岁月不居。如今，6年的时光过去了，总书记牵挂的贫困老区的乡亲们过上好日子了吗？精准扶贫开发的成果如何？老土坯房的"空心村"是否已改变了模样？针对这一连串关心贫困地区群众的生活共同问题，2018年夏末秋初，我们接受了湖南教育出版社（为了叙述方便，文中我们使用了第一人称）关于深入骆驼湾村采访精准扶贫先进事迹的任务。

为了做好这次典型采访工作，我们先到图书馆翻阅了《阜平县志》等有关资料，在采访前做了些必要的功课，因此对阜平县的历史有了一点浮浅的印象：阜平县位于太行山腹地冀晋交界处。据《河北省现名考源》记载，"阜"为"盛"，县名寓"兴盛平安"之意。明清时期阜平为"畿西屏障"，是历代兵家必争之地。

阜平是一块孕育革命的红色土地。

抗日战争时期，阜平县建立了中国第一个抗日民主根据地，被誉为"模范根据地的模范县"。这一时期的阜平是中共中央北方局、晋察冀边区和军区司令部所在地。

解放战争时期，毛泽东、周恩来、朱德、刘少奇、聂荣臻等老一辈无产阶级革命家，都曾经在这里工作和战斗过。

新中国成立后，阜平人民发扬老区光荣传统，自力更生，艰苦创业，取得了社会主义建设的重大成就。特别是党的十一届三中全会以来，经过改革开放40年的努力进取，粮食产量逐年递增，城乡基础建设与中小企业都得到了进一步的发展和完善；教育、科技、文化、卫生等各项社会事业和人民生活也得到了改善。但是，由于底子薄、基础差，自然环境恶劣，目前阜平还是全国重点贫困县之一。

在中国的扶贫地图中，河北阜平县是一个特殊的地方。这不仅是因为老一辈无产阶级革命家聂荣臻留下"阜平不富，死不瞑目"的遗言，还因为改革元勋项南先后八次前来扶贫，更是因为这是党的十八大后，习近平总书记考察扶贫工作的第一站。作为太行深山区、革命老区、贫困地区，阜平县精准扶贫工作做得好不好，直接关系到中国扶贫的整体形象。

阜平人恨山、怒山、诅咒山，因为大山挡住了他们发展的路，这也是阜平贫穷的根源之一。"要想富，先修路。"这句老掉牙的话，在这里正切中要害，一点都不过时。从顾家台村走出来的 90 后出租车司机小刘对我们说：6 年前，从阜平县城到骆驼湾村，还要走很长一段磕磕绊绊的泥土路，现在修上了宽敞平坦的柏油路。从阜平县城出发沿着保阜高速公路西行约 20 公里，转入 382 省道，经顾家台村南的柏油路前行，便可以很快到达骆驼湾村。

初秋时节，省城石家庄还是闷热的桑拿天，当一脚踏上阜平的大地，突然，天空飘下来一阵秋雨，我们顿觉浑身凉爽舒坦。在路上，司机小刘师傅告诉我们说："阜平是山区县，昼夜温差大，夏天夜晚睡觉，要盖一层薄棉被子。"笔者问他："从县城开车到骆驼湾需要多长时间？"

"现在路好走了，如果路上不堵车，40 多分钟。"

"这么宽敞的大马路，在山区里走也堵车吗？"

"近几年，整个阜平都在搞美丽乡村建设工程，路上跑的运料车、工程车和游客的私家车特别多。如果遇到路边的村镇有取暖或输气管道施工，就要塞车了。"

保阜高速公路像一条巨龙，在大山里穿行，打开出租车车窗的玻璃，仿佛伸手就能摸到轻纱一样的白云，俯视车窗外的山谷，满眼碧绿的山环里，一座座黄墙灰瓦的村庄，掩藏在高大的核桃树和挂满青枣的山林中。两村之间最显眼的景物，是随处可见的黑色食用菌大棚。我们手上的资料显示，香菇、黑木耳是阜平县重点推进的"短平快"主导产业。自 2015 年 9 月启动以来，已完成投资 8.6 亿元，建成百亩以上园区 54 个，建设棚室 4000 余栋，覆盖到了 13 个乡镇、140 个行政村，辐射带动农户 1.5 万余户,其中贫困户4210户,户均增收2万元左右。县里计划到2020年底,全县发展食用菌3万亩,年产菇耳40万吨左右,实现总产值25亿元以上的目标。

我们看到山村里的老土坯房已经不见了,从高速公路上看到的是崭新的二层小楼和排列整齐美观的新民居。小刘师傅告诉我们说:"村里的房子都已经拆旧盖新了,平常户只掏一万多元,特困户都不用掏钱,就可以住到有地暖的新房里。村里人再也不用受那旧土坯房子透风漏雨的罪喽!"

从高速路口转入382省道,小刘师傅说:"这边那几栋多层的灰色居民楼,是从山里整村刚搬迁下来的村民新居,那边的黄泥墙、青瓦檐的房子,是原住村民就地翻新的民居。这个镇叫天生桥,是有名的旅游小镇,下一个镇就是龙泉关了。"我们知道过了龙泉关镇,从顾家台往南转个弯就到骆驼湾村了。

我们从省城出发前,阜平县委宣传部的领导事先联系了龙泉关镇的曹建平副镇长,宣传部的领导说:"曹建平是骆驼湾精准扶贫的亲历者、见证者和对外宣传的负责人,他不仅熟悉村里的情况,可以当向导,他还能讲述一些鲜活生动的扶贫故事。"

一眨眼工夫,我们就看到"龙泉关镇欢迎您"的高大牌坊,此时,手机铃声响了起来,曹建平告诉笔者说:"前方正在施工燃气管道,路上堵着车哩,你们在路边平石头村口稍等,我马上到。"

时间不长,一辆刷着某保险公司广告的灰白色旧越野车,从对面公路上开过来,从车上跳下来一位大高个儿、椭圆脸的精爽汉子，他向我们招了招手说："我姓曹，你们是去骆驼湾采访的记者吧？今天，咱先在平石头村五崖山庄园住下，明天，我们就下去采访。"我们听从了他的安排，刚在客房里安顿下来，太阳就已经要落山了。在吃晚饭时，曹建平对我们说："你们来的时间不巧，明天还有一个从北京来的媒体采访团要去骆驼湾，上级领导很重视，村里无法再接待别的媒体记者了，这两天我领着你们到邻近的村里转转，先了解一下基层情况，对你们的写作也会有好处的。"

我们都是第一次到阜平县采访，人生地不熟的，只能打破原计划，跟着他先到骆驼湾村周围的大胡卜、偏梁沟、黑林沟、顾家台和北刘庄等精准扶贫的村庄，走马观花地去看了看。

在这两天的外围采访中，我们被年轻的便民女支书王利花全心全意为乡亲们办实事的精神所感动。我们更钦佩北刘庄退休老党员白国斌自掏腰包，垫钱为村民脱贫致富修路，为维护社会稳定住到"专业上访户"家里6个月同吃同住，积极解决群众上访问题的行动。他这种先奠定村里稳定的基石，在促和谐中谋发展的奉献精神让人心生敬意。在农村精准扶贫战斗中，这样的基层干部非常值得称赞。

在入村采访的路上，笔者和曹建平聊起了如何识别精准扶贫的基础信息问题时，他说："精准扶贫的基础信息是'精准识别'，这项工作由村委干部、驻村工作队和扶贫专干每月开展一次调查，逐户填写'贫困户月收入登记表'，建立扶贫脱贫台账，做到情况明、底数清、数字准。精准识别的信息是扶贫工作的依据,精准帮扶才是真正目的。紧紧围绕'两不愁、三保障'的要求,针对贫困户不同致贫原因,因户施策,开展靶向疗法,重点从就业、住房、教育、医疗和社会服务五个方向,有针对性地进行帮扶。"

我们在黑林沟村见到了今年60岁的张成军,他算是这个村里的"年轻人",从1999年开始,干了15年村主任,又干了三年半村支书,现在是村里的副书记,还兼着村里互助幸福院的院长。

张成军告诉我们说:"黑林沟互助幸福院里最大的98岁,最小的62岁(双目失明),7男4女共有11人。村里开办的互助幸福院,解决了留守老人的孤独问题,也解除了外出打工儿女们的后顾之忧,这是2013年省委组织部驻村工作队帮助筹建的。"

黑林沟村常住人口有60人。张成军回忆说:"从1980年开始,村里的年轻人外出谋生,小伙子下山做上门女婿,姑娘外嫁,已成为村里年轻人远离贫困生活的唯一选择。"他长叹一口气,眼里露出忧伤的神色,然后接着说:"近30年了,村里没有一对本地的年轻人结婚,也没有一个孩子在村里出生。老祖宗们几百年打下的根基,就这样不声不响地给坍塌了,我真的很心痛。"

张成军还领着我们在破旧的老村里转了转,他指着一栋栋破败不堪的老房子说:"村里这些土石结构的房子,最晚是1970年以前盖的,清朝末年的老房子里有的还住着人。"当我们路过一所半倒塌了的小四合院时,他说:"这院里人丁兴旺时住着哥5

个，总共43口人，东房这两小间房里，一条炕上两床被子下还睡过7个人，夫妻两个盖一床被子，5个孩子（3男2女）合着盖另一床被子，这家的老父亲就睡在透风漏雨的夹道里。当年，这在村里还不算住得最拥挤的人家，还有的人家一条炕上挤着11口人。平常日，每人一天只能吃几两粗粮，吃不饱就用野草、树皮填肚子，那时这老山沟里的生活，真的穷得连土渣都不肯往下落了。1980年以后，土地承包到户后，村民们才真正解决了温饱问题，如果不进行异地搬迁，这个村再过不了几年，就会自动从地球上消亡了。"

村民们的温饱问题解决了，日子比以前好过了，怎么山村里反而留不住年轻人，还造成了大量青壮年劳动力外流呢？其实，这是任何一个发展中国家在上升期都会面临的一个严峻的生存与追求的问题。精彩繁华的都市生活对贫穷单调的农村青壮年，自然会形成巨大的磁吸效应，这是任何力量都无法阻挡的。从物质和精神层面形成的推动力与落差，靠空洞的漂亮口号和一刀切的运作方式，已很难奏效。要实现城乡均衡发展，总书记提出的精准扶贫战略，已成为破解这一世界性难题的最切实可行的选择，在这场无国界的抗击消灭贫困的大战中，中国人给世界贡献的智慧、经验和模式，吸引世人强烈关注的目光。

如今，摆在各级党委、政府和成千上万战斗在精准扶贫第一线的驻村扶贫干部面前的难题是：如何实现"从被动生存型扶贫"向"积极发展型扶贫"的转变？

曹建平感慨地说："我真没想到，在精准扶贫攻坚战中交通和人的思维改变后,过去的劣势反倒成了今天发展的优势。"

2012年12月30日,总书记到骆驼湾走访慰问,让骆驼湾村的精准扶贫攻坚战进入了全社会关注的视野。先后有河北省委办公厅、阜平县司法局、省住建厅、省农业厅和省能源局派出驻村工作队开展帮扶工作。河北省委、省政府以及保定市、阜平县的主要领导,多次深入骆驼湾村调研,现场办公解决实际问题,为打好骆驼湾村的这场精准脱贫战役,注入了强劲的活力,让这个贫困山村发生了巨大的变化。人均收入从2012年的950元增加到2017年底的4960元,骆驼湾顺利实现了整村脱贫。村里也实现了水、电、路、通信、广播电视"五通",现在家家户户都住进了新民居。

在精准扶贫攻坚战斗中,我们在看到成绩的同时,更要直面问题,只有这样才能更有针对性地解开贫困这把锈锁,打开幸福的小康社会之门。骆驼湾驻村工作队员黄文忠在工作日志中写道:

今天在晨练跑步时,发现公路边一幢二层小楼门前的大石头上,放着一对行囊,一个装得满满的大编织袋上绑着一个大背包,这是我们在火车站上最常见到的典型的农民工出远门的行李,这么早摆在门口,很显然是在等早班车,准备外出打工。

这天上午,我敲响了在门口石头上放着行囊的那户人家的大门。这是骆驼湾村一户典型的打工家庭,一家4口人,男人51岁,女人50岁,儿子29岁,女儿11岁(上小学三年级),一家人常年在外打工谋生。男人在一家比较脏和累的铸件厂干力工,

黄文忠与村民交谈

月收入5000元,儿子也以体力零工为主,月收入3000元,女主人负责给全家做饭和接送女儿上学,同时在租住地附近的一个工厂兼做一份计件小时工(缝编织袋),也有1300元左右的收入贴补家用。这户人家一年干下来,除去日常生活开销,也能存上几万元。

2014年,骆驼湾开展美丽乡村建设施工,这家人看到家乡的巨大变化,考虑到可以回来翻建自己的房屋,新房建好后再就近打些零工,可能收益也不错,因此,举家回到村里生活。经过一年多的建设,一座160平方米的二层小楼已基本建设完成。一层设计为一个大厅和一间厨房及卫生间,已装修好了;二层设计为4间带卫生间的客房,正准备装修,但是,由于骆驼湾的旅游资源刚刚开发,游客相对较少,这个家庭还没有看到开农家乐带来的丰厚收入,再加上没有经营农家乐的经验,以及盖房后的资金紧张等多种因素叠加在一起,经全家人商议,先让男主人继续外出打工挣钱，儿子在家等待网上购买的装修材料到货后，再回来集中时间请人把房屋装修好，然后，找机会把房子租出去，让有开办农家乐经验的人经营两年，市场成熟后，再自己回来经营。毕竟一家人要过上有品质的生活，眼巴前（方言，指当前的意思）就需要挣钱，而且还有一处旧房需要尽快改造，摆在这一家人面前的是外出打工挣钱把握更大，更能直接见到效果。

这个背起行囊回来，翻盖好房屋又外出的家庭，既折射出乡村翻天覆地的新变化，乡村振兴战略给人民群众带来的福祉，也警示着在社会变迁中带来的许多无奈，更给我们这一届驻村工作队提出了严峻的挑战。

如何留住这些又背起行囊外出打工的人，如何谋产业、上项目，真正实现脱贫后可持续发展，是摆在我们面前急需解决的问题，而且刻不容缓、时不我待。

黄文忠透过又背起行囊外出打工者的选择，深刻认识到："只有发展产业和增加就业岗位，才能把外出的人留住，也只有把外出创业成功的人和青壮年吸引回到家乡创业，精准扶贫工作才算从根本上解决了问题，决胜全面小康建设的目标才能实现。"

黄文忠和骆驼湾村党支部一班人，面对骆驼湾村旅游主导产业市场发展前景不明朗，难以留住回村创业的年轻人，村民收入来源单一又固化，提升空间窄小的严峻形势，经过充分酝酿研究，准备以发展村集体企业为突破口，充分利用村里现有资源和劳动力，实现村里有劳动能力者全部有工作岗位的目标。

2018年6月7日，阜平县骆驼湾实业发展有限公司成立了。

从旅游开发，农作物、中药材、林果、食用菌种植、销售，到餐饮住宿、采摘、观光等，形成一条龙服务。村集体企业的"母公司"以村集体拥有的道路，旅游房产及山、水、树、景观等自然资源为股本，对外招商引资扩大产业经营规模，让广大村民在企业经营中获利。这样既增加了群众的收入，又能创造更多的就业岗位，让青年人愿意回来在家门口上班挣钱，在工作、家庭、社会保障事业发展中，让群众有幸福获得感和尊严。

在采访中我们感觉到，贫困地区太需要产业了，太需要像顾保平、张红亮、李爱民这样有梦想的人回来创业了。如果大家都只往城市里跑，贫困地区就会越来越落后、越来越贫穷，农村与城市的发展也会越来越不平衡，我们离城乡一体化发展的目标就会越来越远了。

我们在采访中看到，骆驼湾村大力发展村集体企业，有利于提升贫困户对政府的信任，有利于驻村工作队后续工作的开展，更有利于骆驼湾村的长远健康发展。

当然，发展村集体企业不能"造盆景"，也不能"秀政绩"，关键问题还是要让村里人能挣到钱。大力发展村集体企业，才能真正让山里的老百姓脱贫致富过上幸福生活。

如今，骆驼湾村正从"生存型扶贫"步入"发展型扶贫"的健康轨道。驻村工作队和骆驼湾村党支部发展壮大集体经济的有益探索，对精准扶贫和建设小康社会来说是一面镜子，可以映照出这条道路充满阳光和拥有宽广的未来前景。

当然，农村经济运行有它自身的规律，自上而下的指令性计划常常适得其反，自下而上形成的秩序才更有生命力，这是因为后者与发展经济规律相吻合的缘故。从骆驼湾村发展集体经济的引领和实际操盘者黄文忠坚毅的眼神、激昂的斗志、深谋远虑的智慧中，我们仿佛看到了，骆驼湾人只要自己手不懒又肯干，就一定能够致富过上幸福的生活。

村集体"龙头企业+公司+合作社+农户"的发展模式，架起了骆驼湾人通向幸福新生活的金桥。像王雪莲、翟艳玲这样的外地新娘，就会如春天的燕子一般飞到美丽的骆驼湾来筑巢，为骆驼湾的春天增添光彩。

在骆驼湾精准扶贫第一线上战斗的驻村第一书记刘华格和唐超男这样的"女汉子"更值得我们敬重和赞美。当然，重要的是在精准扶贫攻坚战中的骆驼湾人，穷则思变，明白了"基层党建也是生产力"。村党支部一班人走群众路线，充分发挥基层党支部的战斗堡垒作用，以党建廉政为抓手，干部群众齐心协力，开拓进取，迎难而上，这样才一举拔掉了"穷根儿"，让老百姓脱贫翻了身。驻村工作队的帮扶，村党支部的推动，致富带头人的引领，这就是骆驼湾精准扶贫成功的关键因素。

在这次入村采访中，我们得到了保定市、阜平县委宣传部领导的大力支持，在文章中我们介绍过的曹建平同志和顾士翔先生，在这次长时间的采访中，不仅为我们提供了交通工具，还热心当向导，并讲述了很多在精准扶贫战役中的典型人物和感人故事，丰富了我们的写作素材。还有光明日报社原副总编刘伟，湖南教育出版社的杨宁老师，在前期采访和后期写作中，都给予了特别重要的帮助和指导。在此,对写作本书给予帮助的领导、老师和朋友们,我们表示衷心的感谢。希望读者诸君多提宝贵意见。

编著者简介

主编：刘伟

高级编辑、光明日报社原副总编辑，中南大学中国村落文化研究中心教授、太和智库高级研究员。曾任人民日报社西藏站、山西站负责人、新华社西藏分社、山西分社社长、新华社人事局局长。出版小说集《等待蓝湖》长篇散记《苍茫西藏》长篇纪实《十一世班禅坐床记》等多部作品。

副主编：纪红建

文学创作一级。中国报告文学学会理事、青年创作委员会副主任。著有长篇小说《家住武陵源》，长篇报告文学《乡村国是》《哑巴红军传奇》等二十余部。获第七届鲁迅文学奖、中宣部第十五届"五个一工程"特别奖、第二届"茅盾文学新人奖"等，系中宣部"宣传思想文化青年英才"。

作者：吕晓策

石家庄日报社记者，长期从事扶贫扶贫新闻报道，在《石家庄日报》《燕赵晚报》等报刊发表扶贫文学作品多篇。

作者：耿坤丽

文学硕士，在《光明日报》《河北日报》发表扶贫题材新闻作品多篇，多次获河北新闻奖，采写推出了"白求恩式好军医张笋""全国优秀共产党员王胜"等重大典型。

作者：吕纹果

主任编辑，石家庄市作协副主席。从事文学写作30多年，著有长篇小说《王二卯传奇》《富豪是这样炼成的》，报告文学集《百姓的好医生》等作品。在《光明日报》发表多篇作品，曾获河北省，石家庄市文艺振兴奖、长城文学奖、河北省新闻一等奖等多项荣誉。

本书图片由黄文忠、刘华格、吕纹果提供。

图书在版编目（CIP）数据

春满骆驼湾／吕晓策，耿坤丽，吕纹果著.—长沙：湖南教育出版社，2020.6
（十村记：精准扶贫路／刘伟主编）
ISBN 978-7-5539-7574-0

Ⅰ.①春… Ⅱ.①吕…②耿…③吕… Ⅲ.①报告文学-中国-当代 Ⅳ.①I25

中国版本图书馆 CIP 数据核字（2020）第 094820 号

十村记：精准扶贫路——春满骆驼湾
SHI CUN JI：JINGZHUN FUPIN LU——CHUN MAN LUOTUOWAN
吕晓策　耿坤丽　吕纹果　著

总策划	黄步高　刘新民　黄永华　徐　为
策　划	杨　宁
出版统筹	杨　宁　徐夏楠
责任编辑	董静静　姚　晟
责任校对	曾朝晖
装帧设计	肖睿子
出版发行	湖南教育出版社（长沙市韶山北路 443 号）
网　址	www.hneph.com
微信号	湖南教育出版社
电子邮箱	hnjycbs@sina.com
客服电话	0731-85486727
经　销	湖南省新华书店
印　刷	湖南省众鑫印务有限公司
开　本	710 mm×1000 mm　1/16
印　张	15.25
字　数	210 000
版　次	2020 年 6 月第 1 版
印　次	2020 年 6 月第 1 次印刷
书　号	ISBN 978-7-5539-7574-0
定　价	62.00 元

本书若有印刷、装订错误，可向承印厂调换